新 潮 文 庫

もりだくさんすぎ

yoshimotobanana.com 2010

よしもとばなな著

目 次

本文カット

山西ゲンイチ

もりだくさんすぎ

yoshimotobanana.com 2010

DOG

Banana's Diary

2010,1-2010,12

1,1－3,31

2010年1月1日

あけましておめでとうございます。本年もこのサイトをよろしくお願いします。

年末はいつも「こわいなあ、いやだなあ」と思いながらつい読んでしまう、検屍官《けんしかん》シリーズ。いつも年末にぶつけてくる講談社さんのおかげさまで、いつも年越しの間は殺人と死体のことで頭がいっぱい。

でも、今回の「スカーペッタ」は私の中でシリーズ一、二を争う傑作だった。

犯人ははじめから丸わかりだし、出てくる人もいつも通りなのに、文学的にとても優れていた。ローズの最後の日々のあたりなんて、泣いてしまったし、マリーノがみんなに会ったときもちょっと泣いた。なんていうか、シリーズに対する著者の愛がいっぱいにあふれていて、みんなが丸くなってて、幸せってなんだろう？　というのの答えがいっぱい書いてある。

でもこれ、一巻から地道にこわい気持ちを乗り越えてこないと得られない感動だよな〜。

1月2日

実家でなごむ。ヒロチンコさんとチビは那須のじーじの家へ。
私は私の親孝行。途中で姉と近所の銭湯に行ったりして、夜遅くまでまったりとなごむ。

いつもだとチビがいないと淋《さび》しくてしかたないんだけど、今回はなんか「チビからのリハビリ」という感じ。赤ちゃんを脱した証拠だな、と思う。家に帰ってもひとりでワインを飲んだり掃除をしたり、腰をいたわりつつ、静かに過ごした。

経済のことが全くわからない私は「ミレニアム」の人名がむつかしいだけでじわりと挫《ざ》折《せつ》。ごろ寝しながらぼんやりと考えたのは「作家って、だいたいの人が飲んだり食べたりばっかりしてるけど、たまにずばりとした意見を言う。それは占い師に似てる。そして破壊的だ。魅力的で明るくて温厚そうに見えても、怒りだしたらまわりをたたきこわすくらいのしつこ〜いなにかをみんなが秘めてる。そういうのが職業的特徴だ」ということだった。

1月3日

「結局長年やってきたものが強いな」という言葉を言って終わる初夢を見た。でも小説を書いていた夢ではなく、パンを作っていたような。ううむ。

渋谷でばったりとあっちゃんに会い、そのあとケーキ屋で並ぼうとしたらじゅんちゃんがとなりにいた。こんなことってあるのか？　なんだかついてる気がしてきた。

ふじさわさんのおうちに一瞬より、みさきちゃんの赤ちゃんの写真を見せてもらった。はじめて会った時なんて小学生だったのに、もう立派なお母さんだ。

時は流れてる。「身寄りのない外国で育ててるのに、よくやってくれてると思ってる」とふじさわさんが言った。そして「この年まで生きてきたら、もう、持ってるものをなるべく大事に大事にして少しでも長くもたせるしかない」と言った。なんていいことを言うんだろう。おばあちゃんはこの世の宝だと思った。

実家では独身男性ばかりのすばらしい新年会が……でもたけしくんに会えて嬉《うれ》しかった。ふたりともダメな時期をけっこういっしょに過ごしたからお互いのダメな姿を知り抜いてるので、ほんとうに気を許せる。

石森さんが「さんまの子どもって、イルマ……だっけ」と言ったら、八十過ぎた母が「イマルだよ」ときっぱり。だてに病院でＴＶを見続けてたわけではないな〜。

1月4日

風邪をおして、きよみんと中華街デート。

いつも日本にいないのに、なんだかとっても近くて切ない。仲間だなあとしみじみ思う。偏見なく、強く、優しいきよみんであった。

東芋さんの展覧会に行き、強く感動する。モチーフの特殊性に目がいきがちな彼女だが、あの内容をアニメにするというのが精神的にどんなに大変なことか、そこに考えが至った。いつかどこかで彼女は自分の内面といやというほど向き合い、これは残してもいいというものをとことん残したのだろうと思う。決して受けを狙《ねら》った戦略的なものではない。そう思われがちだが、あんなすごいことはいくら技術があっても「やってみよう」ではできない。ほとんど苦行のようなものだ。技術と自分を試す向き合いもものすごいレベル。

常設展で奈良くんの「アルゼンチンババア」表紙絵を見て、ああ、今はもうでかいこの子どもがまさに生まれそうなときに、恵比寿のそばやで原画を見たなあ……と不思議な気持ちにひたっていたら、学生時代に熱心に読んでくれていたという読者の方に声をかけられた。そんな彼も今は社会人。その人が今生きていることの中に、私の小説がほんの少しでも力になってきたと思うと、なによりもはげみになる。小さい力でもいい、どこかのだれかにあげつづけたい。ちゃんと受け取ってくれる人がたとえ少しでも、いてくれたらいい。

1月6日

ヤマニシくんをむりやりに誘い（でも、喜んで来てくれた。誘って二人に断られたこの映画を！）、楳図《うめず》かずおの映画を観《み》にいく。ああいう性別の種類（笑）の方たちにはわりとよくお見受けする、孤高の年の取り方である。さっとえんぴつを持つと、子どものときの顔というか、ほんとうの顔になる。心の中をどんなに自由にしていても、やっぱり銀行とか不動産とかふつうのおつきあいがあって、ちゃんと大人として対応してらして、しかも常にひとりである。どれだけの憎しみを、怒りを秘めた人生なんだろう。それをどれだけ飲み込んだり絵にぶつけてきたんだろう。すばらしい人だった。

ああいう存在は芸術家であり、海外に誇れる日本の財産なんだから、大事にしようと近隣の人も思ってほしいなと思った。

1月7日

「ミレニアム」をドラゴン・タトゥーの女がまだ出てきてもいないのに、挫折しないで！　と思われた方がたくさんいるでしょう（笑）大丈夫です、面白さがちょっとわかってきました。

1月8日

じゅんちゃんのセッションに便乗して、鎌倉に遊びに！　舞ちゃんも車に乗っけて、蓮沼さんに運転してもらって、気分は変なロードムービーみたいであった。

まずは逗子により、ゆうき食堂で養分をたっぷりチャージ！　そしてムームーヘブンとビルズに行き（観光客〜！）、家に寄ってヒロチンコさんとチビに合流、まったりしてから、ゆりちゃんのおうちへ。おばあちゃんも起きていらして、みんなでにぎやかにごはんをいただいた。みんな穏やかないい人ばっかりなので、和みすぎるほど和み、お正月みたいだった。

ムームーヘブンはカイルアよりも上品であのぐちゃぐちゃ感はなく、ちょっとパンチが少ない感じではあったが、なんとも言えないあの店特有のマジックは健在、店長さんもおっとりしてかわいかったので、ハワイ時間って感じで長居してしまった。

ビルズでみんなで夕焼けを見ているとき、旅をしてるみたいないい感じがした。

1月10日

なぜか「牛の鈴音」をたまたまひまだった蓮沼さんと見に行く。

あまりのしぶさに身も心もしぶくなって帰宅……牛……かわいそうすぎる……牛食べるのをやめないけれど（詳しくは書かないし、研究中だけれど、私は、肉食は、今の段階の人類の持っているとんでもない業《ごう》とか暗い欲望を解消しているなにかだと思っている）牛や豚や鶏には悪いが、感謝して、残さず、無駄（質のよくない飼い方をしたり、大量に消費して廃棄したり）に殺さない社会をまずはいったん目指すべきだと思う。こんなにも動物が好きなのに、そう思えてならない。だから、みんなが強制的に菜食になったら、恐ろしいことが起きると思っている（自発的なのはもちろん反対しません）。

一昔前の時代に平均的な牛や人の生き方にうたれました。

少し前の世代のお父さんやお母さんは、とにかくなにもかもをささげて次の世代を育てて、少しも休まず、生きてきたんだなあ、と日本の昔のことも懐《なつ》かしく思う。

1月11日

穴八幡へ。おふだをいただき、お参りをして、原さんのおうちにちょっと寄る。

ギャラリーマヤでの展覧会、明日搬入だと言っているのに、まだ絵の背景が真っ白で考えただけで真っ青に。

なにもしてあげられることはなく、子どもとダルマさんがころんだをして、大騒ぎして迷惑かけて、ただ去っていく。

絶対に買ってしまうと思い、アーツ&サイエンス代官山店はなるべく一瞬しか見ないようにしていたんだけれど、できごころでつい青山店に寄ってしまい、散財……。

それにしてもソニアさんはなんてすばらしいセンスなんだろうと思い、全《すべ》てにほれぼれした。

うちでグラタンなど作りながら「こうしているあいだにも原さんは描き続けているんだなあ」と思った。

1月12日

チビの歯医者さんへ。なぜまたも虫歯よ見つかるのだ！　どれだけ生産しているのだ！

がっくりと来ながら、新潮社のみなさんと「王国」の打ち上げで明日香《あすか》へ。

みんなで旅行に行って、いろんな時間を過ごして、いろいろなことをしゃべって、だんだん、ゆっくりと親しくなっていって、でも緊張感を失わないで、こつこつやってきた。派手なつきあいもお互いせず、むちゃくちゃな要求もし合わず、静かにひとつの小説を見つめてきた。書いているほうも、その人たちの支えを常に感じていた。そういう仲間たちなので、静かにしみじみ嬉しかった。

そしてチビが矢野くんに「メガネとってみて」とメガネをとらせ、「なんだ……イケメンだ！」と言った。矢野くんはニコニコ、みんなはゲラゲラ。いい夜だった。

1月14日

新潟へ。長岡なんて信じられないくらい雪が降っていて、電車まで止まっている。取材しつつ、ゆめやさんへ。ヒロチンコさんのお誕生祝いもかねて、おいしく飲んだり食べたりチビと雪だるま作って遊んだり。気だてがよくてかわいいお姉さんはチビが昔あげたブレスレットをまだまだ持っていてくれる。優しいなあ。

雪ってすべるしつもるとものすごい音で落ちてきておそろしいけど、夜中まで明るくてなにかの祭りのようだといつも思う。ふだんTVなんて見ているひまがないので、こういうときはね、と思って、チビとTVを見てげらげら笑う。いとうあさこさんのお見合い失敗の再放送、最高だった……。

1月15日

チビが旅館で朝ちゃんと起きたのは、生まれて初めてでびっくりする。だんだんお兄さんになっていってるなあ。朝ご飯をしっかりいただき、最後までお風呂《ふろ》に入り、東京へ。

原さんの個展を見に行ったら、件《くだん》のまだ白かった絵ができあがっていて、チビがびっくりしていた。「あれが完成したなら、チビも絵を描く人になれるよ！　絵を描こう！」と言っていたが、感動してほめているのに、なんだか失礼な感じだ！

オノ・ヨーコさんの「今あなたに知ってもらいたいこと」という本、すばらしい。はじめは「また幻冬舎さんったら、ちょっとだけインタビューして、薄い内容で本を創《つく》っちゃうのかな」なんてちょっとうがった気持ちで（こう思うこと自体、自分が汚れている！　反省しなくちゃ）読みはじめたのに、あまりの深みそして文章のさりげないすばらしさにうたれっぱなしで、しかもどんな若い人にも本を読まない人にもわかるように書いてある。特にすばらしかったのは、「憎む相手を祝福するというのは、そうすれば相手が自分を愛してくれるなんていう甘い話じゃなくって、憎む相手さえゆるせたということで自分が成長したということだ」というような内容のくだりで、これまでに許すとかホ・オポノポノのようなことに関して、現代人が持ちそうな疑問を一瞬にして解決しているところだった。

愛する人が目の前で撃ち殺されて自分も殺されそうになる、というのがどんなひどいことか、それはドラマや映画の中の話じゃない、同じ時代を生きるひとりの日本人女性に起きたことなのだ、ということを、ヨーコさんがあまりにも真摯《しんし》に生きているから、つい軽く見てしまいそうになる。でも、それはものすごくたいへんなことだったんだ、という実感がこの本を読んでしみじみと伝わってきた。彼女の言う平和は、だれでもがとりくめる平和なので、とりくんでいきたい。

1月16日

ものすごい一日。

昼は飴屋さん演出の、黒田育世さんのダンス公演を観る。

はじめに靴が落ちてきたところで完全にノックアウトされる。まるで映画を観たような気持ち。黒田さんの肉体はすばらしく、衣装もぴったりで、ほれぼれした。真ん前にとてもかっこいいおばあさんがすっと座っていて、舞台の一部になっている。すてき〜と思っていたら、飴屋さんのお母さまだった。

そのあと深澤さんのホームパーティに顔を出す。藤井保さんもいらした。あまりにも飾らない人柄にびっくりし、ああ、あの完璧《かんぺき》な写真はこういう人が撮るのだ、と納得する。

事務所のみなさんやそれぞれの奥さま、ガールフレンドがぞくぞくやってきて、エスニック料理のケータリング（西麻布のキッチンというお店、とってもおいしかった）をがっがといただく。深澤さんは会えば会うほど、作品の秘密がわかって、尊敬の念が増す。生活をおろそかにしていないから、あんなすごいものが創れるんだ……ご家族も作品をいっしょに創っている仲間なんだなあ、としみじみ。

そのあと、原さんのライブに、二部から。風邪をひいていて声が出ないということで、気の毒だった。私は石森さんや渡辺くんやてるちゃんやまっちゃんと、くつろぎながら音楽を楽しめてよかったけれど、原さんはよれよれだった。でも、はじめに原さんのライブに行ったときは、もっとよれよれだったから、そんなにストイックにならなくても、こんなの全然ありだよ、と優しい気持ちになった。

1月17日

なにかが完全に終わり、新しいなにかが細く弱く生まれたてで、でも始まる日ってある。

それが今日だった。関係者一同、涙も出たが、悔いなくふるまったので後々力になると思う。

その場では決して悔いない行動の成果はわからないものだが、あとになって「あのときああしたことが、今自分の力になっている」「あのとき一度ちゃんとふるまったことで、次の危険が回避できてる」と思うことがあるものだ。

しかし、きびしい決断だった。このトラブル、見ないことにしようかな、と何回思っただろう。しかし、後々どうなるかいやというほど知っているので、直視。

今日を逃したら、もう後がなかったことも後にわかり、神に感謝をする。

1月18日

最近、頭がぼけぼけで、時間を思いきり間違える。

今日もなんとゲリーさまの会の時間を間違えて、冷や汗。

でもゆりちゃんが優しく「フォトンのせいだよ」となぐさめてくれた……新しい時代のなぐさめかただ（笑）！

ゲリーが元気だとただ嬉《うれ》しく、別れ際《ぎわ》にいつまでもハグが止まらない。

そしてえりちゃんが好きなので、えりちゃんが楽しいことを楽しそうにしてると嬉しい。ただただ嬉しい。えりちゃんがくれるおみやげは、いつでも「どうして私の本質をこんなにわかるの？」というものばかりで、感動する。えりちゃんにもらったものを見ると、ああ、自分はこうだった、と思い出す効果さえある。

1月19日

「プレシャス」と「クロワッサン」の取材を受ける。
「プレシャス」は前と変わらず全員かわいくおしゃれな人たちが来て、目の保養になった。絶妙にバランスよくかわいいのだ。
「クロワッサン」はとっても変わった人が来て、あとからみんなでしみじみと「変わっていましたね……」と語らい合った。あれだけ変わっていると、言い放題言えるから、きっと、まわりは楽しいだろうなあと思った。

1月20日

なんかものすごく腹が痛い。一睡もできなかった。多分飲んでいる薬の副作用だろうということで、検査の申し込み。いやだよう。でも、胃の中など見てみたいので、ちょっと楽しみ。

自分の医学的な状態を知るのは、常に面白い。

英会話を休んで寝ていたらちょっとだけよくなったので、はうようにして「かいじゅうたちのいるところ」を観《み》る。前売りチケットをこの日指定でとってあったのでがんばった。しかし、自分でもよくがんばったと思う。かいじゅうたちのサラウンドなどしんどしん！　が痛い腸にしみるしみる（笑）！

1月21日

病院。すっごく混んでいて、みんなたいへんだなあと思う。悲喜こもごもだ。でもそれが人間の姿だ。

明日、半日入院。その説明を聞き、採血。

そのあいだずっと「ミレニアム」を読んでいたのだが、血圧は絶対上がっていると思う。血液の内容はどうなのだろう？　きっとドキドキ方向に変化しているはずだ。

私のこの、情報だだもれのパソコン、リスベットさんには一秒で全部がつつぬけになるだろうな……。

1月22日

胃カメラ他、検査また検査。

爆睡しているうちに終わってしまった。

眠る前、最後に言った言葉「だんだん楽しくなってきました〜」

心配な自分だ。

しかも腹がへって、胃カメラから二時間後にいきなり昼飯を食ってる俺って。

たまたま見城さんがいっしょで、ふたりとも胃カメラがいやで心細くて抱き合っていたら「そんなにまでこわいですか⁉」と看護師さんに心配されました。

そしてもうろうとしながら車いすで通りかかりつつ「ばなな、だいじょうぶだった、ちっとも痛くなかったよ、心配ないよ」とずっと言ってくれるその姿に、心うたれてしまい、ああやっぱりこの人は、社長なのだ！　と思ってちょっとほろりとしてしまった。

1月23日

昨夜はたかさまがいらして、父や私や姉やヒロチンコさんをふんでくれたが、麻酔のおかげでいつもよりも体の柔軟性が高い！　と言われ、自分でも確かに力みがなくていいなあと思う。力みは百害あって一利なしだなあ、と思う。

姉が大量の煮込みとキエフと鶏《とり》がゆを作ってくれて、ゆっくり食べた。石森さんも来て、あたたかい時間をみなで過ごせる幸せ。

父もお腹《なか》の調子が悪そうだったので、もしかして腸炎は副作用で弱った腸に同じ風邪が直撃したのかもしれない。親が弱っていくのをゆっくりゆっくり受け入れて、なんとなくずるずるひきのばしていきたい。

1月24日

春菊さんの「お前の母ちゃんBitch！」を読んで、いたく感動する。

ちょうど「ミレニアム」の大テーマとかぶっているからというのもあるだろう。

私も森先生もそうだが、春菊さんも、一般の人から見て「なぜそんなにしつこく激怒するのだ、てきとうな妥協点でうまくやっていけばいいではないか、全く繊細だな、わがままだな」と思われることが多いと思う。しかし、それは絶対違うのだ。作家は、もともと、見ているものが違うのだ。それが才能なのだ。そこを買っていっしょにいるのであれば、理解するのも仕事のうちだし、作家たちの思想が現実に支障があれば、話したり根気良く説得すれば伝わる。逆に、妥協点を見つけてうまくやってくれよ、という程度の気持ちでそんな人たちと仕事したり結婚したりしてはいけない。自分の経験を客観的に描くことを通して、春菊さんはもはや大テーマにたどりついてしまっていると思う。なぜ強い女性は差別されるのか、という。

彼女は、相手にダメージを与えるために、マンガを通してプライベートを公《おおやけ》にぐちっているのではない。あれは心の叫び&天に問う好奇心そして疑問なのだ。そこだけは大きな声で言ってあげたい。

1月25日

またも腸炎がぶりかえし、ものすごい腹痛が襲ってきて、起きていられないほど。しかし、しばらくしたら少し収まったので、ジュディス・カーペンターさんに会いに行く。

この人はほんものだよなあ……と毎回感心する。子どものような心、純粋な優しさ、ほんとうに大きくなったり小さくなったりするところ、あまりもったいぶらないところなどなど。ヒーリングしてもらって、ほんとうによくなった。毎回違う私の痛いところをぴたりと当て、心の状態もあっさりと当てるけれど、そんなことなんてことはないという態度でにこにこしている。なによりも人として正直で根が明るいところが大好きで、会うとなんだかちょっときゅんとして泣けそうになるような生き方をしている。ミルちゃんも来たので、いっしょにお茶をしたり、健康の話をしたりして和やかに過ごした。男ヨッシーが今日も男らしくあたたかくそこにいてくれた。

実家に行き、久しぶりにリビングで小さくごはんを食べる。いつもは奥の和室なのだが、昔はここでごはんを食べていたので、懐《なつ》かしくて幸せな感じがした。チビと宿題をしたり、グミを作ったり。父も母もなんとか起き上がって、テーブルを囲んだので、いっそうハッピーな雰囲気だった。

1月26日

ジュディスのおかげさまで、すごくいい状態に。

よかったと思いながら、TVのお仕事。「サクセス！」です。いらした人たちがもういかにも全身プロ！　という感じでちょっとどきどきしていたら、たかちゃんがメイクで来てくれてほっとする。たかちゃんは仕事早く美しくフットワークが軽く、むだがなくてすばらしかった。日焼けすると髪の毛の毛根が死ぬからすごく悪いという知識もしっかり得る。確かに髪の毛だけは「耳なし芳一」のようにおろそかだったかもしれない、日焼け対策。

この番組を作っている三浦さんという方がもともと「世界遺産」の人なので、おもしろおそろしいエピソードが満載、こちらがインタビューしたいくらいであった。世界はあまりにも広く、下手に手を出したらやけどするけど、だから世界はものすごく美しいんだなあと納得した。

いつも思うが、世界中を旅している人は、輪郭がくっきりしている。きっと、自分をはっきり持っていないと命に関わるからだろう。

「ミレニアム」全部読了。ものすご〜〜〜〜く面白かった。

きっと春樹先生もちょっと影響受けてますね、これは（盗んだというのではなく、インスパイアされているという意味、私も必ずこの作品から影響を受けると思う、作家というのは、つまり自分が見聞きしたもの全《すべ》てを、この世にもう一度表すために自分の言葉で翻訳するような仕事だからだ。リスベットさんはちょうど青豆さんとふかえりさんを足したような人だ）。でも、それにふさわしい名作だった。キャラクターが全部生き生きしていて、いい意味でマンガのようだ。

たとえていうなら、「ルパン三世」のファーストシリーズを一気に観たような。

「あれ？　なんだか淋《さび》しい、もうだれかに会えないっていう感じだ」と思って考えてみたら、リスベットさんだった。そのくらい、リアルな人物造形であった。著者は亡《な》くなったが、この作品の登場人物たちは読んだ人の心に永遠に生きるだろう。

1月28日

わけあって、マウイのネットショップと通販のためのやりとりをしたが、なんだかとっても、あたたかい。顔が見える感じ。「もう商品はそろっていますが、もし贈り物であればメッセージをおつけしましょうか？」ということが書いてある長い優しいメールが来たりして、なんだか、いいなあと思った。のんびりしてて、確実で。ネットでのショッピングって実はこういう感じのほうがいいのかも、と思った。せはたさんとホメオパシーのセッション。今回は心身にいろいろな変化があったので、全てお伝えする。ホメオパスを含めてのホメオパシーなのだと強く感じながら、共に人生の変化を受け止めて行く感じ。

1月29日

チビがいきなりせきこんでぜんそくっぽくなったので、幼稚園を休む。休んだら休んだで手配が大変なのが仕事を持つママの大変さである。

タオゼンのスタジオをのぞかせてもらい、じゅんこさんと杉本さんと大内さんとごはんを食べに行く。大人だし、仕事ちゃんとしてるし、心に余裕があるし、私のたいしたことない地位とか名声をなにかに使おうと思ってないし、ほんと〜に気が楽な人たちだ。きっとここを中心にいい雰囲気の仲間たちの輪ができていくだろう。

ヨンカに行き、鍼《はり》とフェイシャルを受け、ぴかぴかになってMHTを冷やかしミホさんとちょっとしゃべって（ちょっとしゃべっただけで、なんだかしみじみと気が合い、幸せになった。心ののんびりさのテンポが全く同じ人は、なかなかいないのです）、青山ライフを全う！

そのあとは白金の焼肉ジャンボへ。肉もすばらしければ接客もすばらしく、混んでるはずだと思った。たづちゃんとゆみちゃんとチビとヒロチンと私、ほとんどしゃべらず、もくもくとおいしい肉を食べまくって、風邪をふきとばした。

1月30日

夕方大野一家が寄り、チビは舞ちゃんとマリオ。

マリオもうすぐ終わりそうで、どきどきだ。

なんかこの家の人たちの感じが、うちの実家からくどさを抜いただけでちょっと似ているので、全然緊張しない。

夜はまゆみちゃんとカレーを食べに行き、寄ってもらう。

まゆみちゃんは根本的に全てが自然&天然&豪快なので、これまた全然緊張しない。

「高松でともだちの家に泊まり、朝散歩に行って、そのまま船に乗ってしまったことがある」というエピソードをさらりと話しながら、「南東がいいっていうんで、明日から八丈島に行く」と言って去っていった。かっこいい……！

「いっしょにいく？　二人旅」と誘われて「のどが痛いから」とチビはへなちょこに断っていた。

1月31日

チビはもうほとんど治っているが、たまにぜえぜえ言っている。

しかし、今日はなぜかのんちゃんとみなちゃん（清水ミチコファン）のミチコの行きつけの店探訪の一日。チビもはりきって出かけるという。パンニャに行ってカレーを食べるところからはじまり、商店街を歩いていろいろなところに立ち寄る。

家でマリオをついに全部クリアしたが、命がけで助けてもピーチは、下僕のマリオにチュウすらしてくれない。

私「次の新ステージをクリアしたら、なにが起こるんだろう」

のんちゃん「ピーチがやらせてくれるんじゃない？」

違うと思うな……！

のんちゃんがTシャツを買ったらチビが「それを着てフラに行ったら？　そうしたらきっとみんなに『新しいTシャツね～』って言われるよ」とものすごく現実に起こりそうなことを言っていておかしかった。さすがスタジオに0歳から出入りしてるだけのことはある。

カラオケに行って聖子ちゃんミニライブをみたり、ラーメンを食べたり、まさにおやすみという感じのよい一日を過ごした。チビはこれまでただ親にくっついてきてる感じだったのが、自分から会話に参加したり、みなちゃんと自分から手をつないでみたり、大人になってきているのがわかり、面白い。

2月2日

「くまのがっこう」のあいはらさんとあだちさんと鼎談《ていだん》。

おふたりとも、かっこよく賢くセンスよく、あのシリーズがますます好きになった。

一般的に、創作はただ熱い思いでアートをやってくれればいちばんいい、みたいな感じがあると思うけれど、私はそうは思わない。プロであることの上にはじめて、創作世界の森は深く広がると思っている。この人たちは骨のずいまでほんもののプロだと感じた。

2月3日

とっても忙しい一日。

英会話に行き、今日もまたぜんぜんできないままに帰宅。バーニーさんの作っているおいしそうな晩ご飯の匂《にお》いをかぎながらの幸せな授業であった。

そしてその足でビームスのマンガTシャツの店に行き、数枚購入、姉にもピノコを買う。自分とヤマニシくんには鬼太郎。怪物くんのお父さんだけがモチーフのものもかなり迷ったが、あまりにもだれにもわからなすぎるので、いったんあきらめる。

それから中島さんのオープニングへ。混んでいてよく見えなかったが、彼は平面ではないもののほうがすばらしいな、という気持ちが確信に変わる内容だった。質感が全てというか。彼の世界は実はとにかく質感が重要だと思う。そこがセクシーなところでもある。

そして実家に走り、豆まき&おそばを食べる。ヤマニシくんが珍しく来てくれたのでチビは大はしゃぎ。「げんあんが結婚したら死ぬ」というのが最近のチビの名言です。

2月4日

すごく寒いけど、陽ざしは春っぽい。

ちはる&じゅんこのお誕生会。道に迷ってたどりつくと、チマチョゴリのふたりが迎えてくれた。すげ〜。サムギョプサルをみんなで食べまくる。踊っていなくてもいっしょに踊っているような、幸せなフラのオハナ(家族)である。

ちはるさんにドラミちゃんのポーチというのをプレゼントしたのだが、表の柄がドラミのポケットの柄(細かすぎて伝わらない配慮 笑)だというのを一発で見破ったので、びっくりした!

2月5日

まだまだ胃の調子がいまいちで、必死で湘南へ。

しかし掃除などしているうちに元気になり、りさっぴとお茶しに行く。りさっぴがチビにものすご〜く気持ち悪い、土の下の生き物ばかりの絵本をくれる。

私「りさっぴ、きもごわい絵本をありがとう」
チビ「もらったのに、そんなこというもんじゃないよ」
親子が逆転。
明さんが愛犬リディと共にさっそうと現れ、明さんの顔を見たら、ものすごくお腹《なか》が減った。シェフってすごい。彼がひとりいれば、生き物もさばけるし、パンもできる。多分火をおこせるし、そこでなにかをちょうどよく焼ける。

2月6日

舞ちゃんのカフェに行く。早稲田まで蓮沼さんに頼んでひとっぱしり。

カフェのすみずみまで舞ちゃんの小物や絵がいっぱいで、とっても幸せな気持ち。メニューも舞ちゃん、クマの手が描いてあるチャイの下のしきものも舞ちゃん作、ドリームキャッチャーも舞ちゃん作、レジの脇《わき》にも舞ちゃんの人形。神様カードをひきながらおいしいごはんやお茶を待った。舞ちゃんにどっぷり!

品のよいおばさまが「あら、あのチビちゃん、ミセスでいつも読んでるわよ、ほんとうに天才ね」とおっしゃり、冷や汗が出て腹痛までしてきた。あれは、きれいに書いているのであって、うそとまでは言いませんが、美化しているんですよ……プロはそんなことができてしまうんですよ……そこでハナクソほじってるガキを見てくださいよ。

昔の絵を見て、この数年の彼女の進歩に驚く。これだけ急激にうまくなれば、いろんなことも起きるはずだと思う。ヤマニシくんにもいつもそう思う。私もそうだった。三十代って、作品が急に進歩してしまうので、現実がアンバランスになりやすいけれど、すごく面白い年代だった。

2月7日

自分の体調ではなく、精神状態ではなく、流れの悪い一日。

世の中全体が沈んでいる感じ。日曜日だととくに出るんだろうな……。

なんていうのか、神様が世界から目をそらしているような、そんな感じがする。

しかしチビとベイブレードを買いに行き、カウボーイでハンバーグを食べ、夜はロクサンでピザを食べ、一日早い誕生日をぞんぶんに祝ってあげる。0時にチュウをしておめでとうと言う。

「でもピザよりもいちばんしあわせだったのは朝ママと抱っこしたことだよ」だって、カワイイイッシモ！

ガルシア・マルケスが大好きでもちろん自伝も読んでいるが「ううむ、これほどの人でもやっぱりおじいさんになると他の人にはわからない家族の細かいことなど描いてしみじみしてしまうのだな」と初め思った。しかしよく考えてみると彼はいつもそうだ。膨大などうでもいいことの中にキラキラッとすばらしいことが混じっているので、スリリングなのである。そしてだんだん調子が出てきて、どの作品にもないような美しい文章がどんどんくりだされるようになってきた。根気のいる読書はだからやめられない。しかしこの分厚い本を持って歩いていて、切実に「キンドルほし〜」と思ってしまった。腰が痛い。

2月8日

チビのおたんじょうび。七歳。やっとここまで来た。

やっとおしゃれも少しできるし、享楽《きょうらく》的な暮らしもちょっと夢見つつ、飲みにも行かず、まじめに早寝するママである。

タオゼンの卓球大会に行く。チビはみんなにケーキやプレゼントをもらって、とっても喜んでいるし、近所のミホさん（「Q人生って」の絵を描いてくれた美人さん）とデビッドくんも寄ってくれたし、ヒロチンコさんは石原さまやすっごく強い小泉さんと試合をして満足してるし、よい一日であった。

ミホさん「卓球ってネットを見てるとだんだん寄り目になってすごく疲れてきますね」

大内さん「ネットなんてそんなに見ないよ〜」

それぞれのキャラがよく出たいい会話。

大内さんが守っている空間で、心からくつろぐタオゼンの仲間たち。ゆるくつながるあたたかい人間関係。こういうコミュニティがいっぱいあると、日本も豊かになるな、と思う。

2月9日

「アバター」を3Dで観《み》に行く。

ものすごく面白かった。アホみたいな話だが、3Dがすごい！

そしてものすごく宮崎アニメの影響下にある話だった。ナウシカともののけとラピュタとコナンを足したような……。

でも感動しちゃって、最後は泣いた。人物造形も単純だけどほんとうによくできていた。映画館で始まる前に期待のざわめきがある感じ、子どものとき以来だ。

2月10日

今日も今日とて「ラブリーボーン」。

原作に忠実なのはいいが、残酷シーンをゼロにしたのは、説得力を薄めたと思う。原作は、肘《ひじ》が見つかるところが全《すべ》てだった。

幻冬舎のまどかちゃんと浅田真央《まお》ちゃんを足したような主人公の子のあまりのかわいさに、涙した。

ヤマニシくんは彼女が真央ちゃん似だということを発見した瞬間大声で「わかった！」と言いそうになったと言っていた。

音楽がすばらしいと思ったら、ブライアン・イーノだった。さすがだ。

そしてまさに私が子どもの頃の文化が満載で、切なかった。全くあの服着てたもん。コーデュロイのパンツと、変な色のベストとか、ジャケットとか。

あの当時の捜査っていいかげんだったんだな、としみじみ思ったし、ゴミの廃棄のしかたもたしかにあのくらいひどかった。

2月11日

チビの同級生のパパのお店ダ・イーヴォへ。

通りかかって気になっていたお店なので、知ったときは嬉《うれ》しかった。そしてものすごくおいしかったのも嬉しかった。ほんとうにナポリにいるみたいな感じだった。お料理もかなりすばらしいが、ここのピッツァ、今のところ東京では一番だと思う。ナポリでピッツァを食べまくった私、東京でもピッツァを食べまくっている私が言うのだから、間違いないと思う。まだヤマニシくんから聞いたエンボカというところに行っていないが、とにかく今のところダントツ一位だ。

サービスもしっかりしていて、ここまですばらしいとは思っていなかったので、意外な出会いに心からハッピーになった。

イーヴォさんと共通の知人の話などして、ご著書もいただき、帰宅。ピッツァとババを作るところを見せてもらって、チビ大満足。

さらにここのババは、正直に、これまでの人生の中でトップだった。ナポリよりもおいしいと思った。神業を見せてもらった。

2月12日

ものすごく悲しい知らせを聞いて、気持ちは沈む。でも、ここで自分が沈んでもなにもならない、いい仕事をしよう、と思う。すばらしい人が死んだときはいつもそうだ。必ずなにか前向きな種を遺《のこ》して去っていく。それは大きく育って、想像を絶する力にかわる。

太極拳《たいきょくけん》。貧血でないせいか、体が柔らかい。

太極拳の底知れない奥深さのやっとふちくらいまでたどりついた。これは一生むりだろうけど、もう少し知りたい。じゅんじゅん先生が中国で大会に出て優勝したときの映像を観て、あまりのうまさに驚く。止まらない、流れている、静かで、気負っていない、力が入っていない、なのに強く、しなやかで、軸がずっとしっかりとある。こういうことか！　と思った。いいものを見るのはとても大切だ。

夜はたかさまにふまれたい会とフォンデュの会。あいまに「新潮」の金原さんの日記を読んで、わかりすぎて姉とふたりでゲラゲラ笑う。

たかさまは、マメなのですぐにお片づけを手伝ったりお皿をまとめたりしだすので、もう少しふんぞりかえってもらいたいものだ。でもうちの人たちがみんなおしり重くふんぞりかえっているから、ヒロチンコさんやたかさまが働いてしまうのだな……とふんぞりかえり酒を飲みながら思う。

2月13日

歴史あるカウボーイがなくなっていて大ショック！　なんてことだ!!!!　悲しくてしばし呆然《ぼうぜん》とする。おいしいハンバーグをありがとうございました……と思いながら。

このあいだ行っておいてよかった。おいしかったと言えてよかった。あのすべる床をふみしめておいてよかった。あの店大好きだったのに！

雨の中、バレンタインの買い物。最近の若者たちはどうしてみんなこんなにもおしゃれで優しくかわいいのか？　と思いながら。日本の若者、輸出したいくらいかわいい（？）。

今、チビの頭の中はレディー・ガガでいっぱいで、ふたりでDVDを観るのだが、これって子どもといっしょに観ていいのかな～という内容である。でも優れたものを観て、セクシーさにどきどきするのはいいことだから、いっしょにガガ漬けの日々を送った思い出を作ろう。

2月14日

チビとハンバーガーデート。どうしてもハンバーガー屋さんに行きたいと言うので。ハンバーガー屋さんで突然「チビちゃん、じつはそんなにハンバーガーが好きじゃない。だって食べるのたいへんなんだもん」と言いだしてびっくりした。ではなぜさそう⁉

だるく淋《さび》しい日曜日、それでもこんなデートの思い出は幸せな形で残るだろう。気持ちは沈みがちだけれど、元気を出してチビの部屋の大掃除。

あまりにもどうでもいいものがいっぱい出てきて、蓮沼さんが家にいるのにその愕《がく》然《ぜん》を表情でたくさん表してしまった。

2月15日

寒いし雨だし……。

いやいや病院に行って、薬局でたくさん待って、ふうと思いながら、そのままチビのお迎えに。

舞ちゃんからすごい手作りどらやきが届いて、幸せを感じる。ホロシンクのCDも貸してもらった。ホロシンクか〜、と思いながらうたた寝したら、聴いてないのに、思いきり体外に離脱した。でも家で流れているマリオの音楽をバックにしていたので、マリオをたどってしまったらしく、日本の南のほうの国でマリオ大会をしている主婦たちの部屋をのぞいただけだった。モンロー研究所やゲリーには言えないくだらない離脱である。

2月16日

今日も寒いし、雨ふりそうだし。

ドイツのラジオの取材。さっぱりとした良い人たちだった。先方が期待している答えはわかるのだが、合わせるわけにもいかず、こういうインタビューがいちばんむつかしいな、と思う。期待していること以外は言わないお約束、みたいなのにどうしてものれない。のればもっと売れるんでしょうけどね〜。

チビとハンバーグを作る。あまりにおいしくできたので逆に「ケンタロウすごい！」と感心する。子どもがいちばんできないことを上手にはぶきつつ、少し取り入れた作り方だった。

2月18日

「ミレニアム」を観に行く。ハリウッドが私たちに見せてくれてる毛穴なしCGマジックが恋しくなるほど生々しいお肌の人々。エリカさんなんてもうほとんどばあさん！　みんな普通の裸をしていて、乳首も黒い。ポルノ映画かスナッフムービーかというくらいに生々しい感じ。だいじなエピソードがずいぶんけずられちゃっていて、惜しい。

それから、自閉症の一種の人は、あんなふうに行き当たりばったりでは行動しない。動き方もふつうと少し違う。そこができてないのも惜しかった。

HIROMIXの展覧会に行って、しみじみと男女の異なる恋愛観の切なさにひたる。ひろみさんの世界はどうしていつもあんなに切ないんだろう。きっと彼女はちょっとだけ恋を味わいに、人間に姿をかえてやってきた宇宙人なんだ。

夜はフラへ。

新しいスタジオは前のちょっと地下でじめっとした感じではなく、希望がいっぱい(場所はこわいところのとなりだけど、そんなことアロハの力で吹き飛ばせるし！)。いつもの人たちに違う場所で会ってなんだか旅行か夢の中みたいだった。きっと天国でいろんな人に会うとこういう気分だろうなあって感じ。

2月19日

ヒロチンコさんの新しい部屋でロルフィングを受ける。陽当たりがよくてかなりいい感じ。

前よりも少しオープンで学生っぽいセッションルームだった。

二日続けて「地下から地上へ」の引っ越しに接し、偶然ではないだろうなと思う。

夜は久々に懐《なつ》かしい焼肉屋さんへ。十五年のおつきあいで三世代を見守ってしまったので、嬉しくも切ない。おじさんもおばさんも孫がいっぱい産まれておじいさんおばあさんになっていくんだね。でも、まだまだ若々しく新メニューをいっぱい考えているおふたりなので安心だ。

2月20日

ちほちゃんが来ているので、たかちゃんを急に誘っていっちゃんも交えて、居酒屋さんで宴会。

美しいたかちゃんが「来ちゃった」と言って走って笑顔で入ってきたとき、映画かドラマみたいで恋しそうになっちゃった（笑）！　でもそのあとたかちゃんがこつこつとジョッキ四杯ビールを飲んでいるのを見ていたら、あきらめようって思っちゃった（笑）！

後からヒロチンコさんも合流する。

最後にちほちゃんがいつも働いている大好きなおじさんにハグしたら、おじさんが高い声で「きゃ〜！」と言ったので、ものすごくおかしかった。そのあと「光栄です……」と言っていたが。

2月22日

「女子の魂！」見本があがってくる。

なんだかあらゆる意味で存在の意義がよくわからない本（笑）だけれど、あとがきはかなりよく書けたと思う。蝶々さんにはほんとうに好きなところがあるけど、それがなになのかやっと書けて満足した。あと、このふたりの共通項を見ることで腹の底から出てくる力みたいなもの、それを体得できたら、こわいことはない、という本だと思う。自分で言うのもなんだが、十八くらいのときに読みたかったな。

森くんと久々に打ち合わせ。いい仕事になるといいなあ、と思いながら、いっしょに焼き鳥を食べた。仕事がはじまる前はまだ頭の中にしか小説はない。でも、編集の人が加わると、少しだけ外に出てくる。そしてやがてみんなのものになる。そこがいいなと思う。

2月23日

去年の収入、一昨年の四分の一！

ビンボ〜だったはずだ。

でも、それがわかったらなんだかすごく楽になった。

さらには物欲も変な服が着たい欲もかなり減っている私、確実におばさんになっているから、節約も楽しい。このあいだ雑誌を見ていたら「着心地がよくリラックスしていたらそれはもうファッションではない」みたいなことが書いてあり、ポンとひざを打った。これは、絶対的に真実だと思う。

ソワン・カランでとことんもみほぐされ、お肌がピカピカになった。ここって内装の格調の高さと相反して韓国のお姉さん的な気軽さがあるし、お姉さんの力が強くてがちっとツボに入るので、好き。

2月24日

朝から採血とかエコーとか。病院に慣れてきてしまった……。

そしてなんかテキパキ働く人たちを見てるのが楽しいとさえ思えてきた。

私の行ってる病院に串《くし》の坊のトップも来ているらしく、本が置いてあった。揚げ物うまそ〜と思いながら読んでいたら、その方の若き日の写真と今の写真がばっちりと出ていて、「揚げ物ばっかり食べていると、よくないのかも……」と生まれて初めて思った。太ったとかそういうことではなくって、全身が揚げ物という光った感じで、プロっぽくていいけど、女子はちょっといかんかも。

2月25日

フラ。やっぱり新しいスタジオはいいような気がする。風が抜けるのがフラにどんなに大事か、再確認した。腰が痛くてあまり回らないのはいかんともしがたいけれど、気が動きやすくて踊りやすい。前のスタジオって大リーグボール養成ギブスみたいなものだったかも、と思う。真央ちゃんが今回フリーであの曲を選んだのとも似てる。

朝、ヒロチンコさんがリビングに立っていたら、オハナちゃんが彼を見上げながらあごで「あっち、あんた、ほら、メシくれ」と何回もキッチンを示していた。

ヒロチンコさん「ついに、飼い犬にあごで指図された」

私「しかたないよ、数で負けてるから。ここは動物の家、人間は世話するために住ませてもらってる召使いだもん！」

ほんとうにそういう感じなので悲しい。

2月26日

実家へ。父がそうとう疲れているのがわかり、気の毒に思う。もう、締め切りのある仕事はやめたほうがいいのではないかな、と思った。
でも人生の終わりをきれいにまとめたいみたいな感じが全然ないのは、いいことのような気がする。自分がまだそこに至ってないのでわからないが、まあ、だれにとっても他人のための人生ではないし、とりつくろってもしかたないし。
姉がおつまみを作り、石森さんがコロッケを買ってきて、気軽な晩ご飯。チビはずっと寝ていてあとから起きてきて「なんで今日は少ししかいないで帰るの?」とか言っている。こういう態度は長生きのコツかも!

2月28日

チビと新宿に行き、わざわざ勤務中の小林さんを呼び出すも、ただ「外で配っているスタバの飲み物おいしいよ」というだけでなにも買わないで帰った。こういう時間も大事よね……(むりやり納得)。チビのいちばんのお目当てであったさくらやのホビー館のセール、棚にはもうなにもない。ソフトが五本だけ。しかも見知らぬソフト。笑うしかなく帰った。さくらやがなくなるなんて信じられない。でもあの接客で店が存在していたことが信じられない、というくらいのすごい態度の店員さんがいっぱいいたから、しかたないかもと思う。

3月1日

イケメンハウスから歩いてりさっぴと明さんとリディの家へ。

古い家に重なった歴史を見て、きゅんとなる。ここに新しく若いふたりがやってきたのね！　歴史は続いていく。明さんがここを改装して生まれ変わったらおばあちゃんをご招待したい、見てもらいたい、といううそのない気持ちを語っていて、うたれた。

幸多かれと心から祈る。元スタッフは心の家族。

りさっぴが昔描いたイルカをみんなで「かつおだね」「まぐろだね」「食べたいね」「回遊だね」と言いながら（たまにはいじめかえさないと！）、百合ちゃんのおうちへ。

おいしいオープンサンドをいただきながら、いろんなことをしゃべる。大好き同士だといくら時間があっても話がつきない。

3月3日

健ちゃんが来たので、ヤマニシくんも誘って、みんなで焼肉屋さんへ。生まれたての赤ちゃん、久々の健ちゃん、レバ刺し！　とても幸せなお酒。チビも大好きなふたりがいっぺんにいて大喜び。

健ちゃんとはけんかしながらも何かの決まりのように月に二回くらい会っていたが、エロい意味ではなく、体の言葉というか、しゃべらなくてもわかりあってるところがあり、あんなに忙しかったのにケンカしながら意味なく会っていたかいがあるな～と感じた。彼はいつも旅をしてるのでフットワークが軽く臨機応変で、どんな球を投げても打ち返してくるので、大人っていいなと思う。全体的に余裕がでてきた感じで、成長が頼もしい。いくつになっても人は育って行く。

3月4日

良性だけどばっちりあった腫瘍《しゅよう》が小さくなっていて、先生と喜び合う。

病院、行ってみるもんだ！　西洋医学ばんざい！

でもなんで小さくなったかは、わからない。多分ピュアシナジーを飲んで、仕事を減らしたからだろう。そのへんは代替医療の世界。

その足でフラへ行き、汗だくになって踊る。みんなで踊ると最高に楽しい。これはやむなく休んでいたからしみじみ感じられる幸せだなあ。

あゆちゃん先生が肩を痛めて布でつっていたから「まあ気の毒に」と思い、見てみたら「この肩は急性四十肩です」みたいなことが肩にマジックで書いてあった。新しい！

3月5日

実家のふまれたい会。タコをいっぱい食べて酢を飲んでいたかいあり、少し背中が柔らかいと言われる。たかさまに接していちばん驚くのは、たかさまが奇跡的に体の様子を細かく言い当てることもちろんだが、体とはそんなにきちんと反応してくれているんだ！　ということだ。これほど厳密に反応するなら、人生のすごいパートナーだ、体って！

お父さんの頭の中がかなりいい感じになっちゃっていて(笑)、ノーベル賞と自分のよくない関係についてとうとうと語っているので「じゃあお父さんの娘の私は一生とれないじゃん！」と言ったら、さすがにウケて笑っていた。

そうそう、歳《とし》をとればだれでもそうなるし、笑ってるのがいちばん。

ところでノーベル賞、なに着ていこうかな。やっぱギャルソンだろうな〜！

3月6日

大木ふんどしマン（ふんどしが似合いそうの意、他意はありません！）の栽培したクリスマスローズを見に、山梨のtraxへ。

小さく可憐《かれん》な妖精《ようせい》のような、それでいてじめっと感も秘めている、こんなすばらしいものだとは思わなかった、クリスマスローズ。ずらっと並んでいると圧巻で、いつまでもいつまでも見ていたい。夢みたいな空間だった。目があったふた鉢を連れて帰る。

大森さんや林さんもいらしたので、いろいろしゃべり、遊び、元気が出てくるごはんをばっちりと食べ、いっちゃんのお誕生日プレゼントを買い、忘れ物をし……そのどこにもえつこさんの笑顔があった。ひとりの人の存在が他の人を生かしている、その良さを味わう。

温泉に行って、ラーメン、ビール。最高のコースですね！　といっちゃんが言ったので、よかった。はっちゃんも運転しながら幽体離脱しないでロイ・オービソンを聞けてよかった。

3月7日

寝ぼけたチビがチンチンをこすりつけてきたのにも「もうそんな歳？」と驚いたけど、「あ、こりゃいかん！　ママだった」という感じで無意識の中でぴたりとやめたのも驚いた。やっぱり人類は続いていくものだし、性善説？　みたいな。

このところ上山さんと魂のやりとり（女子中学生編）をしているけど、さすが名テニスプレーヤー、うちかえしかたがすごい。力技なんだけど、理性を総動員、みたいな。きっといい仕事になるだろうと胸が震える。新しいことはいつも最高に楽しみ。いっぱいのすごいことが待ってる。

3月8日

寺田博さんが亡《な》くなった。

しばらく前からあまり調子がよくないと聞いていたのだが。

お花をおくったときに書いたはがきに、気持ちはみんな書いたので悔いはない。でも、やはり淋しい。寺田さんからの電話で、私は作家になったのだ。そして寺田さんと根本さんに育てられた。へらへらして参加していたが、その恩を一生忘れはしない。島田さん、角田さん、竹野くん、小林さん、小川さん……その他たくさんの夢のように豪華な人たちと飲んだり、しゃべったりした思い出。中上先生や埴谷《はにや》先生との交流もその時期だった。私は文壇を離れ、独自のポンチな道を歩んでいるが、土台はあの日々にある。

寺田さんは男の中の男で、言わないでぐっと時期を待つことを知っておられた。「海燕《かいえん》」があまりよくない終わり方をしたのに操《みさお》をたてて、なんとなく文芸誌に書かなかった（なんだか裏切るように思えたのだ）私は、このあいだ「新潮」で小説を発表した。それは、「新潮」の人たちが、あの頃の「海燕」のように熱かったからだった。懐《なつ》かしくなったのだ。

寺田さんは、五歳くらいのとき小さな私といつもおままごとをしてくれたのだ。そのことを思い出したら、泣けてきた。

3月9日

わけあって山本敏晴さんという国際協力をしているお医者さんの「世界で一番いのちの短い国」という本を読み、たいそう感心した。その国にはその国の文化があるから、それを尊重しながら人としてつきあっていかなくてはいけない、という考えも、病院を作ったら作りっぱなしで去っていくのではなく、現地の人に衛生観念とか、衛生観念がそこの文化と相反した場合の治療方法を教えて去っていく、それが大切だという考え、全くその通りだと思った。

一般的によしとされる考えに染まっていない分、彼の文章は生きている文章だった。現地の人を決して見下していないところと、エロ本のところが最高で、最後に休暇をとるところなんてもう英断としか言いようがないと思った。いつもこのタイプの本を読むと、真実はみんなもや〜と美談の霧の中に隠れていてわからなかったが、この本は違った。医者とはなんぞやということが、しっかり書いてあった。

タムくんとウィーちゃんと健ちゃんが寄ってくれたので、みんなでピザを食べにロクサンへ行く。それからCCCに行って、音楽を聴きながらゆっくりと過ごす。寒いけれど幸せな夜だった。バンコクにいるみたい。

3月10日

華鼓ちゃんからすんごいかっこいいペイントされた椅子《いす》が送られてきた。もったいなくて座れないと思いつつも、ふだんに使ってあげたい。家族の歴史をしみこませることにする。

こうしていろんな創作家の名前を出すのは宣伝のためでも、親しいからでも、頼まれているからでもない。自分の中をほりさげていったら、いろんな作品に出会う、でもそれは見つけようとしないと見つからない。きっかけになるといいな、という気持ちから。

3月11日

ああびっくりした！

犬の散歩をしていたら、あれ、よしくんじゃない？　という声がした。そう呼ぶ人は地元にしかいないはず。ふりむくと中学の同級生が三人立っていた。

これが根津ならわかるよ！　でも世田谷だよ！

みんなもびっくりしていた。そのうちのひとり、久美子さんが越してきたそうだった。にしても久美子さんもさなえさんも信子さんも変わらず美人さんで、変わらなくて、しかもまだみんなで仲良しなんて、すばらしい。ほんとうはまったけとかながながとかいとこふたり組とかむちゃくちゃなあだ名で当時よびあっていたのだが、みんなもう大人なんだね。肌の感じで知り合ってるから、一瞬にして昔のまましゃべり合う。すばらしいできごとだった。

3月12日

今日は「すばらしいイタリアンレストランの日」というよりほかない一日だった。ヒロチンコさんの仕事場の近くの行ったことないイタリアンに、なんとなくあてずっぽうで入ってみたら、あまりのおいしさに倒れそうになるほど。

アガペというお店でした。

日本人による日本人のためのイタリアンの極み、シェフの個性もあり、日本でしかできない味を創《つく》りだしている。

感動しつつ、じゅんちゃんと夜はダ・イーヴォへ。

ここはイタリア人によるイタリアの味の極み。外に出ると「なんでいま自分はナポリにいないの！」と不思議に思うくらいイタリアの味。

サラちゃんのパパが、チビにハート形のマルゲリータを作ってくれた。チビは喜んで「グラッツィエ」を何回も練習していた。こうやって覚える語学がいちばん身につくと思う。ありがとうイーヴォさん、戸田さん。

3月13日

タムくんがライブをするというので、子どもディスコへ行く。子供たちが静かにしていられる限界は三曲くらいであった……でもタムくんすごくよかった。来ているお母さんたちがみんなおしゃれでびっくり！

終わった頃に飴屋さん、飴屋家の人々がいっせいにやってきて、なんとなく飲んだりしゃべったりする。飴屋さん、髪の毛切って、違う服を着ていて、まるで、舞台に出る人みたいな（笑）、かっこよすぎる人になっていた。でも中身はいつもの飴屋さんだった。

いっちゃん「なんというか、巨匠という感じの人ですね！」

妙におかしくて、しかも当たっているので、すっごく笑った。

くるみちゃんがいっちゃんに抱きついたり、私ににっこりしてくれたりするから、すごく嬉《うれ》しかった。あんなにかわいくて子どもらしい子どもはいない。

健ちゃんといっちゃんと晩ご飯のおかずを買いながら、家に帰った。みんなででたら歩いているあいだずっとチビが「ママのことがす～き～だよ～」と歌っていて、一度もとぎれなかったのでそのスタミナに驚いた。

3月14日

舞ちゃんとさくら剛くんとなんとなく待ち合わせをしていたら、タイ料理屋さんで急に鳥井さきこさんのライブがはじまったので、動揺した。でもうまいしいい詞と曲だし、いいな〜と本気で思った。とくに「ずかずか踏み込むどろぼうに負けるな いつかこの家で楽しいことがある」というところにじんときた。

それから舞ちゃんと別れ、さくらくんとチビとフリマを行ったり来たりした。チビがいきなりさくらくんと手をつないだら、さくらくんが「人見知りしないですね〜、どきっとしました」と言ったので、妙におかしかった。ともちゃんとちえちゃんが食器を売っていたり、田中さんがメキシカングラスを売っていたり、ゆんきんちゃんが通りかかったり、はっちゃんにカールを買ってもらったりして、地元の幸せをかみしめる。

そのあとさくらくんが家に寄って、チビとマリオをしていったのだが、Wiiも持っていないのにあまりにも淡々とうまいのでびっくりした。さすがだ！

3月15日

「アダンのごはん」をしみじみと読む。お料理本というよりも、ひとつの文化の本。ぐにしてもアダンにしても、あるタイプの大人たちが、どうやって人生を生きて行くかを真剣に考えてできたお店。その文化は継承されるべきだし、消えないだろうと思う。

せっちゃんはいつも笑顔ではきはきごはんを作っていたけど、あのお店はいつも満席で、どちらかというと業界の（でも元ヒッピー世代）人たちがいっぱいで、休むひまなんて全くなさそうだった。そうか、たいへんだったんだ……としんみり思う。今はチビが学校に行っていてなかなか行けないけれど、あの味は体にちゃんとしみこんでいる。マグロとアボカドの和《あ》えたの食べたい！　あそこのモヒートも今すぐ飲みたい！

3月16日

健康についてのインタビューの本を作りはじめる。

これまでの蓄積を一気にしかもゆるくまとめるので、楽しみである。

というのも、この人たちの話を自分だけで聞いているのはもったいない、と思うことがたくさんあったから、まとめたいと思ったので。

今日はタオゼンで大内さんにインタビュー。大内さんの経験の多さだけでも何冊もの本になるくらい面白いのに、あくまで軽い調子で超深いことをぽんぽん言ってくれるので、しかもそれが全《すべ》て実現不可能ではなさそうな明るさに満ちているので、感動する。人類の向いていく方向もなんとなく見えてきた。

「ケン・ウィルバーは病気だが、健康だと思う」というくだりで自分の肩の力が抜けた。元気で真っ白でまっさらで体力がばりばりあることを健康とは思わない、という話には希望がわいてきた。希望が細胞をよみがえらせる感覚さえあった。

すばらしい！　目からうろこが落ちた。

そのあと杉本さんのものすごく役立つ話や、石原さんの底力などをしみじみ円さんとシェアしながら、真由膳でおいしいごはんとお酒。

私は実は、京都の人のつくるものを本気で！　おいしいと思ったのは、ここがはじめてだ。基本はきっちり、くずしかたも品よく、もりつけはあくまで心地よく……心のこもったおいしいものを、はっきりと美しい輪郭のまゆみさんが作ってくれるだけで、心洗われる。なんていいお店でしょう。生きるってああいうことだと思わずにいられない。

でも石原さんと杉本さんは、残り三分の一くらいになったワインを「やっぱこのワインはだめだねえ」「コルク臭がねえ」などと言ってただにしてもらおうとしていた。大物たちだ！

3月17日

もちろんこうしている間に小説も書いているので、へとへと。

関さんになんとかしてもらう。ほんとうになんとかしてもらうとしかいいようがないくらいの感じで倒れ込む。

眠くはないのに、寝てしまうのがほんと、不思議！

とあるルートから入手して「THE COVE」を観《み》た。びっくりしちゃって、ほんとうになにも言えない。自然保護関係の人たちの私にとっていちばん苦手な側面もよく出ていた。この映画はイルカが命が肉が漁師がどうとかいう話では決してなく、政治の腐敗とお金の問題がテーマ。イルカにみんなしわよせがいってる。その中で生きちゃっている私には大きすぎる問題でもう何も言えない。自分のカルマを生涯かけてつみとろうとしているリックの決意の前に、自分を含む他の人びとがぼやけて見えた。知るべきだと思うし、知ってよかった。あんなひどい悲しいことでも見てよかった。見たら、もう一生戻れない。じゃあ牛が死ぬのは？　と映画を観ないで言う人多いと思うけど、牛はあれほど意味ない殺戮《さつりく》をされてはいない。

3月18日

フラへ。久しぶりにクムにお目にかかったが、なんとも自然な優しいいいお顔をしていらした。人が年齢を重ねていくのって、いいものだなあ、と思う。
そういえば、フラをはじめたばかりの人はみんなまだ自分の見た目がさだまってないけれど、舞台に何回も出ているうちに、あるとき、ある意味芸能人になったと言ってもいい変貌《へんぼう》をとげる。輪郭がくっきりとして、自分のどこを押し出しどこをひっこめるかを理解しはじめる。顔つきも変わってくるし、動きに自信が出てくる。それとうまくなる瞬間が同時。百人単位のそういう変化を見てきたので、すごく面白い。きれいになるのはある意味では簡単だと思う。

3月19日

眠くて眠くてしかたなく、何回も居眠りしてなんとか一日を過ごす。
しかし夜は大切な米本さんの送別会。焼き肉屋さんへ！　米本さんのまっすぐな熱意と面白さと頼もしさがなかったら「もしもし下北沢」は無事連載できなかっただろう。

淋《さび》しいけれど、いい門出なのであたたかく見送る。

仕事が乗りに乗ってるときに、体調や家族の事情でいさぎよく少しだけひくことができるっていうのは、男の人のかっこよさの中でもかなり上のほうだと思うし、そこからはじまる人生を心から応援したい。

病気で休まれていた三輪さんが柳さんとにこにこしているのを眺めることができたのも幸せだった。復帰直後に私の友達の病気をはげましてくださったことに直接お礼を言えてよかった。やっぱりメールじゃだめなことってある。初対面で緊張しても、しっかり言わなくちゃいけない。

連載もあと半年、残りのすばらしい方たちと楽しくやりとげたいと思う。

下北でのイベントも少し考えているので、お楽しみに！

3月20日

やっと長編が終わった。意外にむつかしく時間がかかったけれど、最後に考えをまとめることができたので、悔いはない。矢野くんたちに送信して、もうぜんとカレーを作り、さくっと食べて、歩いていけるニューハーフバーに行く。

今日は熟女会プラス次郎、というテーマだったのだが、なぜかチビが「チビも行く～！」とついてきて、くだをまいたり、りえちゃんになでなでされて寝たり（うらやましいな）、たいへんだった。そしていつも色っぽく美しく男前なまどかさんに「どうして男なのにおっぱいがあるの？」とある意味根本的な疑問を抱いていた。

3月21日

ボブ・ディランのライブ。

若くかっこよく生きているところを見た、生の声を聴いた、もうそれだけでいい、なにも言わない。

全員の楽器が高そうだった……

仕事帰りで疲れていたヒロチンコさんが途中でちょっと居眠りをしているのを見て「二万円の居眠りだ……」としみじみ思った。

有明のあたりの食い物屋の衝撃的なレベルの低さ、質の悪さにびっくりする。多分関西人はこの食べ物には一文も払わないだろうという感じ。観光地ならではのひどさだ。海の家の焼きそば二三〇円のほうがバランス的にうまいっていうくらい。やむなく入ったところももちろんものすごくだめで、てきぱきと働く賢いお姉さんがたったひとりがんばっていたが、彼女が料理を作るわけではないから、どうしようもない。時間がないから行った自分が悪いわけで「まずくて高かったね～、あはは、しゃ～ないな～」でこっちはすむけど、彼女にはもっと評価されるところにうつってほしい、と心から同情した。

3月22日

ホメオパシー。かなり順調になってきた。途中の抜けないところの苦しさと言ったら大変だったが、なんだかだんだん体でわかってきた。理屈はない、体が生きたがっているから生きているということが。

せはたさんの部屋で暴虐《ぼうぎゃく》のかぎりをつくしたチビは、さすがに帰りは反省してしゅんとなっていたが、ハンバーグを食べたらすぐ復活して大音量で十五分続くオペラ「ママのことが大好き」を歌い上げていた。ヒロチンコさんがげんなりして「……ほんとにママが好きなんだね」と力ない声でつぶやいた。絶対録画して結婚式で流してやる！

3月23日

エステに行き、澤近さんに耳つぼなどを含めみっちりとなんとかしてもらう。

それからもうぜんと仕事をし、久々の天ぷら界へ、健ちゃんと。チビが健ちゃんにこわいくらい真剣に、ぜひ行きたいという感じで、アンコール・ワットについて質問をしていた。こんなに落ち着きのない子どもを地雷があるところに連れてはいけないという親の気持ちを子どもは知らないのね。あの場所では、鬼太郎でも猫娘がとりつかれてさまよっていたっけね。

3月24日

おなかの大きいあやちゃんと、りかちゃんと、中目黒ランチ。

あやちゃんはとてもいい感じだった。自分の妊娠期間を生々しく思い出し懐《なつ》かしむも、あやちゃんの荷物が五キロ以上あるのにびっくり！　りかちゃんと体をはって止める。そしてりかちゃんには体をはってチビのアンコール・ワット行きを止められる。お母さまが大変だったそうだ。その話を聞いて、行く気がゼロになった。

夜は打ち上げでダ・イーヴォへ。戸田さんがどれだけ優秀か今日も思い知った。上品さと行動と味覚のバランスが完璧《かんぺき》。ワインとごはんを同時にひとりでさばける人だ。すごい才能！　まぶしい感じがする。

会社がらみの重い話題でなんとなく気持ちが沈んでいたとき、矢野くんがさっそうと、あくまで文学的な抽象的な気持ちだけで胸をいっぱいにして、清らかに現れた。彼のすばらしさを応援したい気持ちでこちらもいっぱいになった。情熱で人は動くし、情熱でしか動かない。

「自分が作った晩ご飯を彼がおいしいといっしょに食べてくれたらすてきだな～」なんて思っているうちは、男の「アイドルが水着を着てうちの台所に立ってごはんを作り、そのあとやらせてくれないかな」と大差ないので、男女の仲はなかなかうまくいかないであろう。

3月25日

クリニックへ。血液検査がかなりいい状態で嬉《うれ》しく思う。

しかし、病院ってほんとうになんとも言えないなあ。退院直後の死にかけた人、検査だけで気楽な人、入り交じっていて、悲喜こもごも。なんかすごく病院が楽しくなってきた。いろんな人を見るのが面白すぎる。

ランチは、久々に松家さんと不倫的デート。お互いに変わらないねえ、でも、お互いに育ったねえ、という感じであたたかい気持ち。

夜はフラへ。くりちゃんが私をじいっと見ているので「やはりステップに問題が?」と恐れていたら、「ばななさんの爪《つめ》ってどうやってるの?」と単なるネイル問題であった……。ギャルの店でホログラムを買えばいいのですよ、とお返事する。のんちゃんのモノマネを味わいながら、じゅんちゃんといっしょに、はっちゃんの車で帰宅。これってすごい幸せな時期なのかも。

3月26日

たかさまに踏まれに実家へ。

すみずみまでかたく、ちょっと仕事の根をつめすぎたかな、と反省しちゃう。毎回、別の人になっちゃってるんじゃと覚悟してたずねるも、なかなかいい意味でしぶというちの両親。すごい幸せを感じる。家族の歴史をずっと思い返して、その中に後悔がありそうでないような、今がいちばんいいような、甘い感じがある。

毎回ぎゅうと抱きついて別れるんだけれど、毎回母は「最後かもね」と言って淋しくなり、父は「がんばってくださいよ」と言う。そんなときに、彼らの性質の半々が遺伝している自分をしみじみ感じる。

3月27日

オアフです。

ちほの家の近くの、有名な12th Ave Grillへ。特筆するようなおいしさではないんだけど、いいお店だった。店の人がリラックスしていて、料理も荒いけどいい感じで、家族的なよさがあり、とっても好きだなあと思った。

ちほとミコとかなちゃんと、毎日会ってごはんを食べている感じで、全然久々感なくゆったりする。

3月28日

今泊まっているホテルの従業員の意地悪さといったら、もう、笑ってしまって、かえっていろんな笑かすギャグができるほどだ。まず、タオルを貸してくれない。いろんなとんち的なアイディアを駆使して、タオルを貸すまいとするのだが、もはやお笑いの域。

殺人者を作ろうと思ったら、子どもに無関心&虐待をして育てるのだろうし、いやな従業員を作ろうと思ったら、ノルマを課し、締めつけて、ストレスを多くし、いやな客をどんどんとればいいのだと、すごく勉強になる。

まりちゃんがたずねてきてくれたので、久々に会うけど、変わらぬ美人さん＆ありのままさだった。夜はちほのすばらしい、しかし大家さんがうるさい家で、こそこそとってもおいしいディナーをいただく。かなちゃんのつんできたケールも、ちほの料理もすばらしくて、いい夜だった。

3月29日

ホ・オポノポノエイジアのアイリーンちゃんとママにご紹介いただき、KRさんのロミロミを受ける。おうちもすばらしいし、犬たちもいいし、KRさんはとても静かな美しい人で、全体がアートであった。今までにない変わり方で体が勝手に変化していき、呼吸が深くなり、緑に包まれ犬に囲まれながら、生きている不思議をすみずみまで味わうことができた。

生きているってこういうこと、と知ることができた。

夜、まりちゃんが今習っている小さなフラスタジオのレッスンを見学に行く。

踊っているまりちゃんを七年ぶりに見て、もう私たちの振りではない同じ曲の踊りを見て、美しく切なすぎて泣けてきたけど、まりちゃんのあまりのすばらしさをたたえずにはおれない、もうどこにいてもいい、とにかく踊っていてほしい、と思った。これが真のフラの心だろう、と思った。でも踊り終えたまりちゃんはいつものまりちゃんで、がくっとなりつつも、ああ、才能とは神に属しているなにかなのだ、とまた感動してしまった。

3月30日

ちほとかなちゃんとビーチ。

すごく変則的な波と潮の流れをかなちゃんがきちんと読んでいく、その感じに惚《ほ》れてしまい、今すぐ結婚しよう、と言いたくなった。かっこよすぎる。

みんなで波とぐちゃぐちゃになって遊んだり、砂にうもれたりしてゆっくり過ごした。自然の中で全身で遊ぶことは人生に必須《ひっす》だと思う。チビもきらきら笑顔になった。

六人乗りのカヤックが浜の奥にある蔵から大勢の海人たちに運ばれて出てきたら、ちほちゃんが「かなちゃん、ちょっとさあ『わたしホクレアのかなこなんだけど、ちょっとあんたたち、それ貸して』って言ってさあ、あれ借りてきてよ～」と言ったので、ものすごく受けた。他では言えないギャグであるよ！

3月31日

マノアにトレッキング。

かなりちょうどいい感じの道で、かなちゃんにいろいろ植物のレクチャーを受けながら、濃い緑の匂《にお》いの中をすたすた歩いた。

帰りにチビがあまりに飛ばして登ってくる高齢の人たちのじゃまになったので「君のママはさっき頭を打って死んだ、今この体に入っているのは森の精霊よ」とチャネリングごっこをして気をそらしていっしょに歩いていたら、最後にチビが「精霊なんてきらい、ママを返して～」と泣き出したので、おかしかった。

ちほ「きっとこの小さい頭の中にめっちゃ大きなイマジネーションがうずまいているんだよ～」

きっとそうなのだろう！

ミコにちゃんとしたライティングで家族写真を撮影してもらい、最後の夜を幸せに過ごした。

4,1－6,30

4月1日

はっちゃんが迎えに来てくれて、みんな超幸せ。みんな蓮沼さんが大好きだ。

いっしょに日本のラーメンを食べ、ハッピーに帰宅。

機内で観《み》た映画1「パラノーマル・アクティビティ」。もう悪魔がそこにいるってわかってるんだから、最後の最後にすることは足跡をとることじゃないんじゃないか？　としみじみ嘆く。歯形があったら、古来からのお約束できっといけない菌があるんだから、病院に行った方がいいと思うよ。もう遅いか。若さって、気の毒。

機内で観た映画2「シャーロック・ホームズ」！

すみからすみまでひとつのこらず私好みの映画で、もし中学生のときに観たら、人生が変わったと思う。もう好きすぎてなにも言えない。長い間、コナン・ドイルファンでいたことも、ロバート・ダウニーJrファンでいたことも（コカインにもデブったのにも負けず）、今やっと報われた！

4月3日

白いごはんをたいて、ふきみそとか、焼き明太子《めんたいこ》とか、のりとかだけで、お味噌汁《みそしる》といっしょに食べて、幸せ〜！　やっぱりアメリカは味が大雑把よね。今回いちばんうまかったのは、ビーチウォークの新しいショッピングセンターのチーズバーガーの店の並びのはじっこのステーキ屋のめしだった。

いろいろ気づいちゃってることって、言わないべきか言うべきか、いつも迷う。というのも、転ぶのもその人の大事な人生だったりするから。でも流れが「言うしかないよ〜」となったときの小さな音を聴いたら、自然に口から出ちゃう時がある。それは言うべきだし、言ったら言いっぱなしでいていいものだと思う。自分が言ったというよりは、風の音みたいなのにいちばん近い。

4月4日

お花見だけど、お天気が微妙。

男子三人と鼻歌で谷中に向かうも、寒いので、父の体調も考え、開催は実家。花がない！　百合しかない！　百合見！

でも関係なく、宴会をする。久々に陽子ちゃんが来てチビがにこにこしたのが嬉《うれ》しかった。

女子たちで恋の話をしながら、よしもと姉妹は「だってこの歳《とし》になると、服の脱ぎ着が面倒くさい、だから恋もめんどうだし、プールも行けない」とどうしようもない理由で一致、結婚できないはずだ。

そして、私の左側の人たちが「人間、一時期だけさかっても、落ち着くときが来るものだ」みたいな話を左でしみじみしていたら、同時に右のほうでルリちゃんが「乗馬クラブで、馬が急にさかっちゃって、普通嫌われる葦毛《あしげ》だけを好きっていう馬もいるんですよね〜」と同じトーンで言っていて、少しずれているがステレオのようだとヒロチンコさんが大笑いしていた。

4月6日

八芳園の中の、すてきなカフェで井沢くんにごちそうになる。

林さん、石原さんのゴールデンコンビと。

二次会は、西麻布の、移転後のたかにあるとっても不思議〜な、ゆる〜い個室で、ぐだぐだ飲む。井沢くんがこんなふうにいい人だってこと、大学のときはわからなかったな〜としみじみ思う。ほんとうに友達思い。そして頭の中にデータがたくさん入っていて、彼の特殊な好みや生まれ育ちと関係なく、状況にあった答えがしっかり出てくる。なるほど、これがプロデューサーというものなのか。

何回か飲みながら、静かに進んでいるこのプロジェクトだけれど、ほんと、うまくいくといい。この豪華メンバーでうまく行かないわけはない！　と信じている。

4月7日

英会話。ハワイ帰りなので、しゃべりがなめらかだ。

やっぱり英語で考えるのはものすごく有効だとわかった。マギさんも一生懸命教えてくれる。いちばん疲れていたときは英会話に行くのもやっとで、全然やる気があるように見えなかったと思う私に根気よくつきあってくれた彼女のためにも、英語、がんばろうと思う。

夜は健ちゃんと井上さんと宴会。井上さん、久しぶり〜！　嬉しい。「相対性理論」についてしみじみ語り合ったり、健ちゃんは十数年ぶりの「ファイナルファンタジー」をチビにやらさせられていた。

最近いちばんおかしかったのは「地獄先生」を車の中で聴いていて、歌が「フルネームで呼ばないで　下の名前で呼んで　先生」っていうところになったら、ヒロチンコさんが運転しながら真顔で「それはできないな〜」とつぶやいたこと。あんたはなにのセンセイだい！　頭の中にどんな妄想がうずまいたんだい（笑）！

4月8日

昼間、ちょっと寝たら二時間寝てた。これって……時差ぼけ？　単なる疲れ？

フラへ。もう七年間くらいフラに関わって、今日初めて、腕をどのくらい体から離すのかちょうどよい距離を体でつかんだ。なんでだか突然、わかった。異常にうまい人の近くで頭を空っぽにして踊っていたからわかったのかも。遅いけど……嬉しかった。足腰が悪いハンデをここで巻き返そう、ちょっとずつ。あと七年かけて。

4月9日

お助けまみちゃんと麻子さんが下北にやってきて打ち合わせ。

女子だけなので、楽しくって、ツーカーな感じ。

みんなかなりハイレベルのヒッピー服を着ていて、ヨッシーだけがきっちりした服を着てるので「若い頃はどんなかっこうをしてたの？」とみんなでインタビューする。

ヨッシー「とにかくミニスカートで、露出が多くて、胸もかなりあいてたんです。なんだったんでしょう？　私」

みんな「それで？　それでどうなったの？　モテた？」

ヨッシー「ぜんそくになりました」
あまりに意外なオチで、このつわものたちにも、予想できなかった。

4月10日

ソワン・カランで爆睡。起きたら、顔がぴかぴかになっていた。

夜は永野さんがやってきて、いっしょに俺作のカレーを食べる。そして奈良くんの神秘を語り合ったのちに、奈良くんの出ている奈良の番組を見たが、その短い間に永野さんはチビに部屋に連れ込まれて、ゲームバージンを奪われていた。

4月11日

陽子さんと関さんがやってくるという、チビにとって前代未聞《みもん》の嬉しい日。

はしゃぎすぎて鼻血が出そうで心配なほどだった。関さんは子どもの言うことを決しててきとうに聞かないから、子どもにはそれが伝わる。

親はバカみたいに感情的でとにかく上からでいいと思うけど、常にまわりにこういう人がいてバランスがとれていたのだ、昔の日本は。

ところで、この日記をこまめに読んでいる人にとって「私と竹中直人さんがしょっちゅういろんなところでばったり会う」ことは有名だと思う。この人生で、彼と道で会うことはもう十回以上だ。舞台の楽屋とかならわかる。TV局でもわかる。でも、ふと行ったスパゲティ屋さんとか、行きつけの店（これはまだわかるけど）が同じでよく会ったり、服屋や、道ばたなどでこんなにも会うのはおかしいと思う。あまりにも木之内《きのうち》みどりのファンだったから引き寄せているのだろうか。

で、何が言いたいかと言うと、このあいだオアフでコーヒーを飲んでいたら目の前の道を竹中さんが通ったとき、「ここでまで？」と思ったということ。

4月12日

寒いし、雨だし！

でもナタデヒロココさんとそのおじょうさんがイタリアから遊びに来たので、はりきって実家に出かけて行く。変わらずいい感じで、おじょうさんもすっかり成長していて、かわいい。ハーフはほんと、かわいいなあ！

陽子さんも来て、海老《えび》トーストを食べながら懐《なつ》かしいひとときを過ごす。

ナタデヒロココに会うと、いつでも甘酸《あまず》っぱく切なく苦しくなる。

それは青春を全く知らなかった私がヒロココさんと過ごしていたとき、初めて青春時代を過ごしたからだろうと思う。

苦しくてなんだかつらくなってきたが、雨の中、はっちゃんがみんなを送って行って帰ってきてお茶をしていたら、なぜかすごく軽くなった。ヒロチンコさんも「はっちゃんといると許されてる感じがする」としみじみその偉大さをたたえていた。

4月13日

「グラッィア」打ち合わせ。みなさん賢く美しい人たちばかりで、しょっちゅう会えることが楽しみ。

私としては珍しく、公《おおやけ》に出る大きな仕事が三つ重なっている。TVもある。珍しい！　今年はそういう年と思って、観念してのぞむ。

なにがなんでも鶏肉《とりにく》のレモン煮こみローズマリー風味が食べたいと思い、材料を買いに走る。最近ちょっと忙しすぎるから、メニューを組むのがいちばんの娯楽。

4月14日

ジェイムス・テイラーとキャロル・キングのライブ。

人生で見た全《すべ》てのライブの中で、五本の指に入るすばらしいライブだった。バンドも全員うますぎて光り輝いていた。最後にはほんとうに「帰らないで！　まだ演奏して！」と思った。ジェイムス・テイラー、歌うますぎだ。

音楽の力でほんとうに心が勝手にあたたかくなっていったので、びっくりした。

帰りにボラーチョでごはんを食べていたら、娘さんが出勤する前で、おかあさんが立ち働いていた。元常連さんがやってきて「お久しぶりです、おかあさんはお元気ですか？」と言った。「口だけはたっしゃだけど、体はぼろぼろよ」とおかあさんは言った。「いてくれるだけで、いいんです」と彼は言った。

その温かいやりとりは、さっきまでのライブで受けた感触と同じ。長い年月手を抜かずにこつこつと天才を発揮してきた人たちの勲章だ。

4月15日

森先生と会合。

森先生は、編集者がいるときといないときでは、全く違う人格になる。前からうすうす気づいていたけれど、今回、小説の仕事を減らされていたので、その状態が定着して、ますますはっきりした。あれだけ賢いといつも何割かセーブして暮らさなくてはいけないから、大変だと思う。彼の言っているいろんなことを「照れ隠しや怒り」

だと思ったら大間違いで、彼にとっての単なる事実であることが多い。宇宙人が地球人の様子を見ながらなんとか混じっているくらいの感じだろう。

そのあと、食事についてきたチビが堂々と森先生を指差していたので「指差すな！」とヒロチンコさんとユニゾンで叫んだ。

「前と違うお店じゃないです？」と言ったら、「いや、ここでしたよ」と森先生が言った。そうか、私は貧血だったんだ、と思い当たった。照明がもっと暗いと思っていたのは、貧血だったのだ。おそろしや。ＱＯＬ下がりまくりだったのだ。ほんと、血液検査してよかったよ！

4月16日

ほんと〜うに久々に、家にいていろいろできる日だった。

掃除洗濯やりまくり。晩ご飯つくりまくり……「１Ｑ８４」読みまくり、幸せ……！

こういう日がないと、人間はいけません、と思うような、なにもない幸せでいっぱいの日だった。ちなみに読むのが超はやい私は、読み終わってしまい、普通に感動の涙を流しながらも、作家としては春樹先生の全く新しいテクニックが随所にちりばめられているのに感心していた。

4月17日

健ちゃんとラ・プラーヤへ。

おいしかったが、チビが絶え間なく国旗と国家についてうんちくをたれているので、みんな国旗のことで頭がへとへとに。

横尾先生の「ポルト・リガトの館《やかた》」はすばらしかった。なんといっても作家になって一作目からの伸びがすごい。さすがだというかなんというか、文才がすごい。三作目にいたっては「インドとはなんぞや」というのを全て描きつくしていて、人生経験のすごさもさることながら、「おじいさんが過去をふりかえってる」甘さが全くないのがまたすごい。横尾先生の今の感じでちょうど五十五歳くらいだ！　としみじみ思った。

4月18日

舞ちゃんと、はっちゃんの運転で、茨城取材。

いよいよ「もしもし下北沢」の連載も大詰めだ。最後のほうの茨城のシーンのため、水族館など回る。魚に角質を食べてもらう水槽があって、子供たちに混じって舞ちゃんと手を突っ込んだら、ほとんど魚を独占する状態になり、中年のエキスのおいしさが魚にもわかるのか……と思ったら、舞ちゃんはまだ若かったのだった！　それでもやっぱり子どもよりは角質が多いのであろう。はっちゃんは「俺、魚にもあんまり人気がなかったな……」と言っていたが、これは、単に老廃物が少ない健康さであるということだろう。

海でイシガキダイがああいうふうにつついてきたあとで、急にきびしくかじってくることがよくあるので、なんとなくずっとひやっとしていた。

大海先生のおたくにちょっとだけおじゃまし、みんなで鮨《すし》など食べに行く。あまりにもワイルドなお店で、量もワイルドで、店の人たちがみんなこわいくらい大きく育っているのを見ていたら食欲がひゅ〜と減っていき、自重してつまみ程度にしておく。

大海先生も明子さんも笑顔が健やかでよかった！

4月19日

村上龍先生の「13歳のハローワーク」と「13歳の進路」、焼き直しだと思う人がいたら大間違いで、この七年間に龍さんが「カンブリア宮殿」で磨いた知識や大不況やたくさんの人たちに会った成果がみんなつめこまれている。

以前の龍さんの「やりたいことをやれ」というメッセージはなにも変わってないので、そこは作家魂だと思うのだが、今回は「やりたいことをやるまでの道のりをだれも具体的に教えてくれない」層をちゃんとフォローしていた。読者層以外の人たちをしっかりと考慮しているわけで、七年前のバージョンでは、ここまで根気づよく説明していなかったと思った。中学や高校に知っている子どもが入学したら、必ずプレゼントしたい。したいことをがんばれとただ言うのは簡単だけれど、時代はそう甘くないからだ。

「ホームレスは自由ではない」というところの具体的な説明とか、子どもだったら、目からうろこだと思う。

4月21日

まみちゃん、舞ちゃん、ヨッシーと茄子《なす》おやじのおいしいカレーを食べながら、打ち合わせ。女子の会合は夢がいっぱいで楽しい。

いろいろなアイディアを出しつつ、広がりすぎないように落としどころを考えつつ、「ここのカレーは麻薬だね」と言い合う。そもそもそんなカレーを考えたまめ蔵の南さんからすばらしい絵皿を二枚いただき、大感激する。

夕方からここぺりに行き、とにかくほぐしてもらう。たかさまに下地をつくってもらったので、いつもよりも早くほぐれていくのがわかる。体に「ごめんよ」というと、体が「ここに連れてきたりしてケアしてくれてるからいいよ」と答える感じがする。

4月22日

やっと歯が治る。もうどうなることかと思うようなつらい時期があったが、ここでちゃんとしてもらわないと後がたいへん！　と思い、じっと耐えていると、先生がいかにていねいに、技をつくしているかがわかってきて、感動してしまった。

プロはいいなあと思う。骨のずいまでプロだった。

いちばん新しかったのは
先生「痛かったら痛いってすぐ言ってね」と削る。

私「痛いです！」

先生「生きてる証拠だ！」

であった。

夜はなんとなく熱を出しながら（歯がなんとなく腫《は》れた）フラへ。全然踊れないけど、いるだけで幸せ……っていけないことなのかなあと思いながらも、みんなの笑顔を見て、きれいな姿を見て、大満足。自分がフラダンサーであることを最近やっと本気で幸せに思えてきた。取材してるときはもっと余裕がなくってシャレにならない感じだった。帰りはじゅんちゃんのんちゃんと小宴会をして、意味なくその店の音楽で踊りまくる（笑）。

4月24日

やってもやってもやっても終わらない雑用をしながら、一日かけずりまわって終わる。

こういうのっていったいなんなのだろう？　とにかく気持ちが巻いてくるのがいやね。

中年以降は、うすくのんびりとてきと～にをモットーに今日も風邪なのにビールやワインをしみじみ飲む。晩ご飯は鈴やんのママが作ってくれた根菜中心のおつまみだけ。

これまで読んだダイエット本の中でいちばん意味があったのは「フランス女性は太らない」（だったかな、タイトル。でもだいたいこういう感じ）である。これを読むとそのあと一ヶ月で確実に三キロは落ちる。たまに読んでは、面白おかしく調整する。

4月25日

幼稚園のフリマ。下北のフリマと違って、ものを買いにくる意識がないので、まるっきり売れるものが違い、面白い。今後の傾向と対策を練りつつ、風邪をおしてなんとか販売しきる。意外によくものがはけてびっくりした。

うちのチビ、年もちょっと上だし、でっかいし、人に気をつかう（旅なれている）し、いつも大人といるから、ごった煮になって遊んでいる子供たちにうまく混じれない。それがとっても切ない。あと数年すれば、ほんとうの友達ができるよ、と心から温かい気持ちで見つめた。

4月26日

日帰りでじーじに会いに行く。

風邪で声が出ないながらも、なんとかたどりつき、千本松牧場で「水中ハムスター」というものをやる。ビニールの球に全身で入って膨らませ、水の上をがんがん回るというものなのだが、ものすご～～～い運動になった。へとへとで汗だく。チビとも大騒ぎ。子どもと共に我を忘れて転げ回る私に係の人も動揺して苦笑していた。大股《おおまた》開きの写真もいっぱい撮れていた。こんな嫁（正式には嫁じゃないけど）って……。

しかしヒロチンコさんのお父さんは、そんなときでもにこにこしている。強いし、まだまだお元気でいっしょに歩けるし、ちゃんとチビをしかってくれるけれど優しいし、笑顔がさっぱりとしていて、男の中の男だと毎回思う。これではいかんと思いながらも、私もチビといっしょに子どもに戻って甘えてしまう。そのくらい大きな人だ。

4月27日

「波」のインタビューの後、「新潮」で飴屋さんと対談。

飴屋さんはインタビューのときによく黙ると昔どこかに書いてあったので、ものすごく緊張した。でも、全然違和感がなかった。黙っている時間さえも言葉のうちだった。むしろ、いつも会ってるときの百倍くらいしゃべってくださり、しかもそれがいちいちすばらしく、さらにトイレまで治してくれた（笑）。

こんなふうに全身でそのまま生きるというのはどういう気持ちがすることなんだろう、といつも彼を見ると思う。私の持っているポテンシャルをほんとうに正確に知っているのは実はこの人だけではないだろうか、とさえ思う。

だからこそ、甘えそうな心をいつもしゃんとさせて、こういう人の目にも触れているのだ、ということを思いながら、よいものを書いていこうと思う。それしかできることはない。

そのあと飴屋ファミリーとばななファミリーといつも賢く楽しくすばらしい新潮組とみんなで茄子おやじに行ってカレーを食べる。曽我部さんまで立ち寄ったのでびっくりした。豪華な夜だな〜！

コロちゃんとくるみちゃんが歩いているのを見ると、なんというか、とてつもなく懐《なつ》かしい感じがする。

4月28日

朝一番でKCミラーさんのトゥー・リーディング。アネモネのための対談。

なによりもミラーさんがなんのデコボコもなく、全身が手入れされていて、神様に愛されてるというか、自分で自分を愛してるというか、自然ですてきだった。あんなにアクセサリーをつけていて派手でちゃんとお化粧をしてるのに自然って、ふつうはありえない。ドンファンだったら「よいトナールを持っている」というだろう。足に注意をむけてあげれば、足がこたえてくれる、それが全身にフィードバックされる、そういう素直な話だった。

こういう場合、取材だから無料になるわけだけれど、お互いに有意義な時間だったら意味があると思う。

また、私はお金を取る取らないではものごとをわけていない。まず、こちらが必要以上に期待していなくて、相手がしてくれたことに対して自然に出せると思っている額と、先方がのぞんでいる額がおりあったとき、それは単なるエネルギーの交換になると思っている。その折り合いは非常に調整がむつかしく見極めもむつかしいから、いろんなもめ事が起きるのだろうと思う。

たまに、ウィリアムやゲリーが私に言ってくれたこと、ゆいこやえりちゃんがこれまでに言ってくれたこと、私に理解できる受け皿があったとはいえ、お金ではかえられないな、と思うことがある。お金を払うことしかできなかったとしたら、自分がおかしいんだな、と。お金にたくして、もっともっと大きく気持ちを返しているような気がする。

あやちゃんとりかちゃんとごはんを食べて、おしゃべり。もうすぐ赤ちゃんが生まれてくるときの気持ち、よくわかる。あやちゃんがんばれ〜と思いながら、ハグしてわかれる。みんな夏生まれで、雨が嫌いで、楽しいことが好きな三人は笑いっぱなしだった。

4月29日

「ひまわりっ」を全巻読破して、宮崎にいたような気分。

典型的な人物たちが典型的以上に深くできていてそれぞれが言いそうなことを百倍くらい面白くしゃべるから、超面白い！　笑いすぎて腹筋が痛くなりながらも「三国志読んでおいてほんと〜によかった！」と思った。

母のお見舞いに行くが、やる気ゼロなのでちょっとしょげた気持ちになる。やる気だけは本人以外のどこからもでてこないものだからなあ……。栄養をつけてがんばってほしい。

実家に寄ったら、父はわりと元気で母を案じていた。父は毎日一時間くらい体操とか皮膚のブラッシングをしている。もし目が見えなくなったら、私はそんな根気を持つだろうか、と思うと、父の凄《すご》みを思い知る。

4月30日

「1Q84」の三巻があっさりしすぎという説があちこちであり、たしかにそう思おうと思えば思えるけど、あれはグランドフィナーレというか、長めのエピローグというか、そういうふうに私は思った。だいたい、あんなに売れちゃったのは買ってるがわの責任であって、別に春樹先生自体はノーベル賞ほしいとかみんな読んでねとか言ってないし、ただいろんなことを思いついて、なるべ〜く面白く自分が楽しめるようなものをどきどきわくわく気分でミステリーみたいに書いてみたいな〜と思って思うがままに書いただけなのに、いつしか「国民的大作家」としての責任を求められてるようで気の毒な気がする。

5月2日

ウィリアムに会いに行ったら、一生に一度くらいのショックな真実をがつんがつん、さらさら〜っと言われ、ショックと衝撃でぎっくり腰に。真実ってすごいと思う。目が覚めた。もう迷いません。

こんなすごいイニシエーション受けたことないでよ……と思いながら、這《は》うように帰り、這うように寝込む。

ウィリアムが今日私にしてくれた無償の行為を一生忘れない。

5月3日

あまりにも痛いと、人は泣けてくるのね……。

泣きながらたかさまにふんでもらい、感謝を表そうにも起き上がれず、背中を借りて起き上がるも、頭をさげることもできず、ふんぞりかえった態度であった。ごめんなさい。

なにをしても痛いのでずっとしくしく泣いていたら、チビに「ママは暗いからパパと暮らしたい」などと、あっさり見捨てられた。

子どもって、正直……。

5月4日

ちょっと回復。

しかし、悲惨な動き、直立不動になるまでにも二十分、トイレなんて毎回二十分。

家の中ぐっちゃぐちゃ。

でもなんとか数時間だけゆいこに会いに行く。いろんなアドバイスを受け、共に謎《なぞ》を解き、すごくお礼が言いたいのに、今日もふんぞりかえっていました。

ゆいこの才能と組み合わさったときだけ出てくるひらめきっていうのが確かに私にはあって、ふたりはそこで結びついているんだなとしみじみ確認した。

そしてよく夢の中で神の声を聞いたり、この世のしくみを解いた方程式など見せてもらうが、別に私には役にたたないし興味がないから気にしないって言ってたのが、個人的に大受け。最高だ！

5月5日

深夜にキングの「悪霊《あくりょう》の島」読了。すばらしい小説だった。前作では精神状態が不安定だと思われたが、今回は完全に復活している。なんていうすごい人なんだ！ ワイアマンのこと考えただけで涙が出る。なんてすごい人物を作るんだ！

この世でいちばん強いものは親が子を思う気持ち、次は男同士のほんとうの友情だと思うのだが、その全部が書いてあった。作家の秘密までいっぱい書いてあった。すばらしい本だった。あの年齢から事故にあってこんなふうに立ち直れるなんて、ありえない！

死にものぐるいで家の片づけ。ほんとうに痛くて白目むいて死にそうになった……。でも生ものはなんとしても片付けなくてはいかんかった。

腰はまだ三割くらいの回復。

でも、予約していたので、意地になってアガペに行く。激うま！　特に前菜は天才！

ゆいいつおしかったのは、汁物二品が似た味だったこととソルベが若干溶けていたことだが、これはこの微妙な違いを楽しむと思えば、そしてサービスがひとりしかいないと思えば、全然問題ないし、シェフの人柄がほとんど少年マンガみたいなまっすぐさなのが、いちばんすばらしい。料理は人だ。

5月6日

がんばってツイッター他の打ち合わせに行くも、歩みが遅く、十五分以上遅刻。ぺこぺこしたいのに、今日もふんぞりかえりであった。

鈴やんと、いろいろ話せたのも、よかった。サイトの管理人鈴やんはかしこく、判断力があり、行動もできるし、言わないべきことは言わないし、家族思いだし、優しいし、申し分ない人なのだが、年の若い親がちゃんと愛して育てた男の子ふたりの長男なので、どこかのんびりしたところがあり、いい意味でがくっと欠落したところもあり、若いときは心配でしかたなく、世話をやいてばかりいた。しかし、彼のすごいところは、お給料がいいからだけではなく、その部分の恩のようなものをしっかり返そうと上品に自覚的であるところだ。だから長くいっしょにいられるのだと思うし、いつでも幸せを素直に祈っている。きっとこの日記もけずりたがるだろうけれど、けずらせないよ～んだ。

5月7日

まだまだ怪しい腰を抱え、Noguchiにオーダーしていたリングを取りに行く。全然私のテイストではないお店なのだが、あまりのセンスのよさにこれはパリそのものだ！　と思い、どうしてもなにか買いたいし、あのディスプレイの天才さをまた見たいと思った。

しかし、帰りにチャオチャオ餃子《ギョウザ》の焼いてない奴《やつ》をたくさん買い、「ナニワ」とか書いてある感じのその袋がNoguchiのラッピングと全く合わない車内であった。私の人生、パリのセンスは遠い……。

5月8日

ちっとも体が動かないのをいいことに、三つの旅行の手配をする。特に夜中しか動けないヨーロッパ便は、ヨッシーに助けてもらえないから、必死。なんだか旅行手配の喜びがわかってきた。なんていうか……地図を見ながら現実を歩くのに似ている。全《すべ》てが。

奈良にホテルがなさすぎることにも、何回もびっくりしているが、またびっくりした。

絶対的に需要があるのに！　なぜ！　奈良人はのんびりしているのだ！

クムのライブに腰が痛いので直立不動で行く。お世話になった方々にも直立でごあいさつ。テンピュールを抱えて、直立で見る。

クムが楽しそうで、バンドの人たちも笑顔で、クリちゃんとあゆむちゃんもあまりにも美人で、小さいなおちゃんが急にうまくなっていて、三奈ちゃんは美人さんで、なんていうかほこらしかった。

じゅんちゃんとオヤジみたいにビールをかっくらって帰宅する。

5月9日

あやちゃんの赤ちゃんに会いに、チビが生まれたのと同じ病院へ。

病院がとってもきれいになっていてびっくりした。でも関さんがいることには変わらず、安心。私が安心してどうするんだ。あやちゃんは堂々としていて、すっかりお母さんだった。人は子どもがうまれていきなり母になるのではなく、妊娠中に母として育っているのであって、自分もそうだったが、よくできていると思う。

コストパフォーマンスがすばらしい源八に寄り、焼き鳥を食べる。こんなに中目黒が好きなら中目黒に住め、そして「なかなか中目黒」を書け、自分よ！　と思う。

5月10日

まだまだ腰が中途半端《はんぱ》なので、そうっと動く。

今日はイイホシユミコさんに会いに行く。すばらしいアトリエ、思った通りの人。作品を見るとその人がわかるというのはほんとうだなと思う。

このようなほんとうにシンプル＆ミニマム系の世界観というのは、ごった煮系の自分にはないはずなのだが、なぜか共感できる。考え方の芯《しん》の問題なのだろう、イイホシさんもそうおっしゃっていた。チビが広いアトリエに喜んで走り回り「こんなに広いならもっとものを置けばいい」などと価値観真逆のおすすめをしていたが、まさによけいなお世話だ！

5月11日

取材。メディアによっていろいろな種類の人が来て、ほんとうに面白い。その人たちの半生をこちらが取材したいくらいだ。古浦くんが長い時間つきあってくれて頭が下がる。

ぎっくり腰なので、やたらにまっすぐ座っている写真ばかりになった。まっすぐ座っている中年の……。

つかれたし外で食べようと言って、つい先日まで餃子の店だった鍋《なべ》の店に行く。こんなに早く替わられると、なにがなんだかわからない下北沢。安いのでびっくりしたら、全てのお皿の食べ物の分量がチビ分くらいで、六個しかないつくねをほとんどチビに食べられてしまった。これは世界一の美女になるダイエットの中の鍋ダイエットとは別の鍋ダイエットである。

5月12日

英会話。

いつまでも習ってるわけにはいかないんだろうなあと思いながらも、あまりにもマギさんの教え方が上手なので、楽しみながらちょっとずつ学んでいる感じ。本気で英語だけができるようになりたいのなら、もっと独学で学ぶだろうから、むしろ習っていることを楽しんでいるのだろう。違う文化に触れる幸せを感じる。

夜はヤマニシくんとカラオケ大会。歌いたくても歌えずすねるチビに超絶技巧の絵を描いてやりつつ、説得力のある歌をすばらしく歌いまくるゲンイチ……歌って、感情移入でも音程でもなく、その人の生きてきた道がなんにもしなくても全部出て、ほんと面白い。

5月13日

病院に行って、採血して、薬もらって、それだけで三時間。ほんと、たいへんな時代だよな〜と思う。あまりにもたいへんなのでひとりハシヤで唐辛子トマトソースのパスタを食べてしまった。が、しかし、この意外に激しい辛さについてまたも忘れていたってことを思い出し、涙しながら食べる。小田急と京王に用事をしに行くと、たまたま担当のおねえさんたちがどっちも美人で色白でスタイルもよく、得した感あり。

夜はお見舞い&実家へ。お母さんのベッドにぎゅうぎゅう寝転んで喜ばれる。あまりにも食欲がなくて抹茶アイスを食べきれないと言っていた母だが、名古屋メガ盛りの番組を観《み》ているうちに、こんなアイスなど少ないと思えてきたらしく、食べちゃっていた。意外な効果発見！

5月14日

アレちゃんとダ・イーヴォでおいしいピッツァ。相変わらずすごいところに旅行に行っている彼、こんどはツバルだった。

夜、ものすごく悲しい訃報《ふほう》。信じられない……。ついこのあいだ、いっしょに過ごしたのに。夜道をげらげら笑いながらいっしょに帰ったのに。人間のはかなさに愕然《がくぜん》とする。

今日のある時点でふっと体が軽くなり、あれ？ と思った。はりつめていたものがどっと抜けて、静かできれいな凪《なぎ》になる感覚。人が亡《な》くなるといつもやってくるこの感じ。

だからきっと彼は今は楽になっているのだと、信じたい。

ツイッターをやっていると、ごくふつうに、例えば「地震だ！」とかいう状況としてではなく、自分の知り合いが偶然に同じ場所にいたり、同じものをみんなが食べていたりする。人と人はやっぱりいつでもじゅんぐりにつながっているんだと思う。

5月15日

山梨へ撮影に。

和気あいあい、そして悦子さんに会えて嬉《うれ》しい。悦子さんのおいしいごはんを食べるともりもりと元気がわいてくる。

「幸福」の特集で取材を打診したら、なんと、たまたま後藤朋美さんの、幸せになれるスノードームみたいなキラキラしたものが庭に設置してあった。いっしょに中に入って後藤さんの胸の谷間を見ながら説明を聞いて、幸せ度倍増！

たかちゃんはしっかりメイクしてくれるし、親くんは、いつもながら冴《さ》えに冴えていて「モデルがオレであるところだけがごめん！」というものすごい写真を撮っているし（頭の中に完璧《かんぺき》にできあがりの状態が見えて死ぬほど冷静に撮ってるところが、いちばんすごいところだと思う。ふつう、どんな優れた写真家でも、多少はその場の自分の状態が入る。あの冷たさが、親くんの才能の中心だ）、「グラツィア」の人たちはみんな美人だし、案外キラキラドームに入って楽しんでるし、天気は最高だし、よい一日でした。ぎっくり腰でさえなければ、もっともっとよかった。でもそのくらいがいいのかも、幸せって。

5月16日

清水ミチコさんライブ。のんちゃんとみなちゃんとヒロチンコさんと。

笑いすぎて泣いたのは久しぶりだ……前回も同じ気持ちになった。ミチコさんのいちばんすごいところは、あれだけ人の個性を笑っておいて、ちっとも不快にさせないところだと思う。たったひとり、冷静にさまざまな状況に挑んでいくさまはかっこよくて、野性の力！　ほれぼれとしてしまう。かっこいいな～！

ネタバレになることは書きませんが、腹が痛くなるほど笑ったことだけは確かです。

そして楽屋で一瞬お目にかかることができたのも、幸せであった。私「わりと近所に住んでるんです！」以外に、初対面で言えることはあったのではないか⁉

帰りはおいしい居酒屋さんじゅうまる（ほんとうにおいしいし、感じがいいし、みんなてきぱき働いてるし、いいお店！）で軽く飲んで、いい休日。

5月17日

ウィリアムと、ダイヤモンド社の本について打ち合わせ。

「とうふは鼻水に似てるから、食べられない、はい、君にあげる」って、とうふをよこさないでほしい。そして食べてる最中に「味から感触までぜんぶ鼻水に似てると思わないか」って言わないでほしい……。

こんなことを書いておいてなんだけれど、ウィリアムとの本は、きっといい本になると思う。お互いに書くときは少し人格が変わるので、対談以上に深くなる予感がする。

5月18日

懐《なつ》かしき「お姉さんのお店」が、幡《はた》ヶ谷《や》に新規開店！

麦のサラダ（もしもし下北沢において最も重要な食べ物）がなつかしくて嬉しくてつい「グラツィア」の取材中なのに飲んじゃった。でもちゃんと答えましたよ。あとからともちゃんも来て、なにがなんだかわからない感じだけど、きっといい記事になると思う。たかちゃんを送っていって、おうちの前でお別れ。毎日会ってたみたいでちょっと淋《さび》しい。ヘアメイクの人のお仕事って髪の毛やメイクのことだけじゃなくて、被写体にいつでもそっと寄り添う縁の下の力持ちなので、すばらしいなと思う。

5月19日

今日も今日とて、一日中新潮社関係のインタビュー。ぎっくり腰なのに、芸能人並みのスケジュールだ。でも、長編に入ったら外に出ないので、いいと思う、めりはり。このあと音信不通になっても、みなさん気にしないでくださいね。書いてますので！

岸本さん、瀧さんは変わらず男前であった。今日もこの空の下で、彼女たちが働いていると思うと、元気になる。

読売新聞の方は、私が書店でバイト中、エロ本を買う人ににこにこしすぎて、逆に評判が悪かったと言ったら「そうですね、それは、ほんとうに困るかもしれませんね……」とあくまで静かにおだやかにおっしゃっていて、ウケた。

そして重里さんがいらして、インタビューの中で私がいつも言うように「自分の小説を読み終わった人が温泉から出たような気持ちになれるといいと思う」と言ったら、「どんな温泉ですか？　白濁？　白濁？　やっぱり、白濁？」と言っていたのが、おかしくてしかたなく、夜まで思い出し笑いをした。

5月20日

「グラツィア」のインタビュー。けっこう長時間だが、おねえさんたちが色っぽかったので、がんばれた。あんなにきれいで仕事もできて、日本の三十〜四十代、実は、海外でひっぱりだこ。こんな時代が来るなんて、と思う。

昨日岸本さんからいただいた「視《み》えるんです。」伊藤三巳華《みみか》さんのマンガ、面白かった。「これは、ほんとうに、みえるんだな〜」と思った。私、高校生くらいのときこんな感じの毎日だった。全体のカラーが。視る人が見たら、いろいろしょっていてさぞかしすごかっただろうと思う。でもあの時代があったから、今があると思うし、あの時代にはあの時代の良さ（ゲームみたいだったり、スリルもあったり、すごく密な仲間もいたり）があったなあと懐かしく思い返した……けど懐かしく思い返すのもど〜なの⁉

霊が見えますか？　とよく言われるけど、私は見えない。ただ、感じはわかる。霊は死んだ人間の一部だろうなとも思う。なんていうか、一部しか強く機能してないロボットみたいな、そういう感じで、人格の全部はそこにない感じ？　っていうの？

あの頭の痛さとか、体に余計なものが入ってる感とか、懐かしいけど、戻りたくないのはなんでかというと、さほどの人間好きではないからかもしれない。そしておばさんになってオレ様度が増したら、つながらなくなった世界でもある。光や花や波や空が、笑顔や心も姿もきれいな人たちや自分で全部責任をとって行動して行く世界が、悲しみや切なさや苦しみや闇《やみ》やなぐさめあいよりも、優位になったオレ様の世界。オレはオレの行きたいところでしたいことをする、オラオラ！　と思っていると、霊のことはわからなくなる。かといって三巳華さんたちが、低いというのではない。むしろ、優しいのだと思う。

霊が見えすぎちゃう人は、ルックスとかおしゃれ度は関係なく、顔のまわりの色（オーラではない）が濃い黄色か赤茶色。ぐっと彫りが深い感じに見える。

今日の日記、わかる人にしかわからないし、「よしもとさんついにもしくはやっぱり？」という感じだけど、三巳華さんはきっとすごくわかってくれると思う。

5月21日

昨日の夜は、直立不動でフラの見学。でも、楽しかった。陽子さんのお誕生会、赤裸々に語られる熟女の直感世界！

太極拳《たいきょくけん》はおやすみ……だって、だって、立ってられないんだもん！　ぎっくり腰で！

まみちゃんが来ていたので、事務所に顔を出したり、一瞬藤谷くんのところに寄ったり。

藤谷くんとチェロが並んでるのを見たら、ぐっときて泣きそうになった。

作家って、ほんと、大変よね……。

夜はもう消灯になった病院に忍び込み、電気を消して、病室にもういないふりをして綾戸智絵さんの番組をみんなでひそひそ声で語らいながら見た。ばーちゃんもいっしょに。

綾戸さんもたいへんよね……。

だいたいいつも元気で大丈夫でしかもいい人なんているわけがないんですよね。

5月22日

せはたさんと、いっちゃんと、チビと、ホメオパシーのセッション。

しかしついお昼をマルイチベーグルに並びに行ってしまった。いつもヤマニシくんが買ってきてくれていたあの懐かしのおいしい味！　自分で並びにいったときは時間切れで挫折《ざせつ》した……でも、どんなに混んでいてもちゃんと人間らしさがあるすてきな店。

そしていろいろな味があるのに、ついいつもの好きな組み合わせ、トマトクリームチーズとツナを食べてしまう不思議。

相変わらず超感じがよく、賢く、気前よく営んでいた。やっぱり並んだけど、達成感あり。混んでいる店がいやなのは、店員さんが疲れ果ててずさんになっているからなんだなあ、と思う。そうでなければ、おいしいから、ちゃんと待ったかいがある。

満腹でセッション。せはたさんもおつかれさまでした。

クラシックホメオパシーのセッションというのは、基本的に、自分がおちいりやすいパターンをさぐっていくものなので、精神的にすごく疲れるのだが、下手なカウンセリングよりも解放されるものが大きいので、手探りながらも効果絶大。あくまで「真の健康」を見つめているからだと思うのだが、このへんは本を出すときに突撃インタビューをしてみようと思う。

5月24日

ともちゃんと「グラツィア」のごはんのための撮影で、スタジオへ。

日置さんにはじめてお目にかかるも、日大で同期だったことが発覚。

「こんなかっこいい人いなかった」「うんいなかったね」「広告研究会でした」「やっぱりね」「やっぱり日なたの人だったね」「私たちみたいな日陰の地下のものたちとは世界が違ったね」

ものすごく感じが悪い女がふたり……。

でも写真はセンス抜群、お料理はおいしく、とてもよかった。

ともちゃんの薄味でもしっかりのセンス、現場での動き、みなすばらしい。

5月25日

タムくんと飴屋さんと内橋さんのライブ。遠藤さんやZAKさんも関わり、最強。

三人の才能がふだんと全く違う形で出ていて、実によかった。飴屋さんに「もういいよ」と言えるのは、タムくんだけ。せっかくそこはかとなく輪廻《りんね》する生命の切なさを浮かび上がらせているはずなのにいきなり宇宙人をもちこんじゃうのもタムくんだけ。でも、それで飴屋さんの実はとても大切な力である明るさや、宇宙人も生きて死んでくという切なさを引き出せるのもタムくんだけ。内橋さんにただただ音楽を演奏させちゃうのも。

タムくんがタムくんであるだけで、みんなが少し明るくなる。それがすごい。

出てくる人（人？）、あんなに悲しい人生の連続だったのに、なんとなく生きてる感じがするその持ち味は、飴屋さんのもの。
ウィーちゃん「ばななさんPCの前に座りすぎて、腰がいたくなったんじゃないですか」
飴屋さん「それが仕事なんだから、しょうがないよ〜」
私「なんてあたりまえのことを！」
飴屋さん「だから〜、僕はいちばん常識的なんですよ、前から。いつだっていちばん普通のことを普通に言ってるのに！」
っていうのも、おかしかった。

5月26日

ここぺりへ。ほぐしにほぐしてもらって、美奈子さんへとへとになったのではと心配。腰をかばっていると、そのくらい、あちこちがかたまる。久々によく寝た〜！ありがたや。しかしぎっくり腰からもう一ヶ月。長いな、今回は。無茶も長かったしな。気候も悪かった。
ヤマニシくんから借りた大竹しのぶさんのドキュメンタリーを深く感心しながらし

みじみと観《み》て、そのままそこに入っていた「冬のソナタ」を観ていたら、またも感動して深く癒《いや》されてしまった。なんであのドラマってあんなにひきつけられるんだろう。

やはりアジア人には「ER」はきついということだろうか！　だって、のんちゃんとも話し合ったけど、あんなに激務で、そのままそのへんの人ととりいそぎその気になってベッドに行って、やって、ほぼ徹夜でまた病院の激務に戻り、生きたり死んだり泣いたり笑ったりして、役職的なストレスもいっぱいあり、現場には必ず元彼氏とか彼女がいて、だいたいみんな時期をずらして兄弟《きょうだい》姉妹……そんなストレスフルな世界、私の小さい肝臓や腎臓《じんぞう》や長い腸には、ムリムリ。

5月27日

この人生で、あの大きく美しいミック板谷さんに白い革ジャンを広げられながらせまられることがあるなんて、思ってもいなかった、八〇年代には……！

展覧会に行って、朝倉世界一先生のTシャツを買っていたら、そんなことが起きました。

フラは見学。帰りにかわいいオステリアに寄って、軽く飲み食いしつつ、まみちゃんの危険な旅についてみんなで語り合った。まみちゃんって、あの奇妙な美しさといい、つきぬけかたといい、絶対、宇宙からきたと思う。でもそこがすごい魅力。

5月28日

ついに雀鬼会《じゃんき》Tシャツが送られてきてしまった！　私も女装しろとか編集者をなぐってこいとか言われたら、「はいっ」と言ってやらなくてはいけないのだ！　人生の会長のために！　サイン本をいただいて、感激。特に幻冬舎新書のツキの本と、育児の本がすばらしかった。私もいつのまにか子どもに対していいかげんなところがいっぱいあるなあ、育てるという観点からは曲がったことをしているなあ、と反省する。

「グラツィア」のお仕事も今日でほぼ終わり。あとは原稿を見たりするだけ。長く大変であったが、とても楽しかった。美人さんたちがラストインタビューにやってきて、みんなでいっしょに考えてくれたから、むつかしい考えでもいっしょに掘り下げることができた。大人で美人さんで考えがある人たちが、雑誌を作っているというのを見るだけでも、励みになった。

5月29日

夜、京都へ向かう。

いつも京都に向かうとき、不思議と節目である。

腰はまだ痛いが、なでなでしながら、なんとか。

いつもの串揚《くしあ》げやさんに行ったら、タッチの差で間に合わず、お店のお兄さんがごめんなさいと外まで出てきてくれたので、いいお店だなあと思った。

餃子《ギョウザ》とビールでハッピーに部屋に帰り、心はまだいろいろ沈んでいたが、ぐっすり寝る。

5月30日

マヤちゃんの展覧会に行ったら、マヤちゃんがいた。

前よりも元気で、楽しそうに見えた。作品は、今回、すばらしかった。特にクマの剝製《はくせい》を見たとき描いたやつが、なぜか泣けてくるくらいによかった。考え方こそが絵なのだ、と思った。それからNYの夜景も、よかった。マヤちゃんがなにを思っていたか、なにに耐えたか、絵は教えてくれる。

夕方、大神《おおみわ》神社に行き、ご祈禱《きとう》を受ける。これほどに弱ってきたことはないかもしれない。もちろんそれを稲熊さんに見抜かれ、殴られたくらいの、ウィリアム以来のショックにうちぬかれ、がっくりきつつも、なんだか温かく包まれた気持ちになる。

チビは仮面ライダーに超くわしいお兄ちゃん（ほんと、よくぞうちの家族に出会ったと思うよ……これほどライダーにくわしい一家はいないよ！）と、久々にあったらすごい美人になってたたかちゃんに遊んでもらって、そのあとひとりで池に落ちて、ローマ人のような巻き付け衣装＆はだしで奈良ホテルにチェックインした。

5月31日

そしてスリッパでチェックアウト……。

だって靴を洗っていたら、なんと靴がこわれて尖《とが》った針が出ていて、洗ってた陽子ちゃんまで、ケガしたんだもの。捨てたよ。チビもそれで足の裏を切っていた。クオカードでごまかそうなんて、ずるいぞ！　某○足！　売れてるからって、ずさんだ！

こんなこと書くから問題になるのね。でも書く。だって子供たちの足が心配だもん。

京都に行って、まゆみちゃんの車に乗ったとき、なにかが動き出した気がした。風が吹いてるみたいな。まゆみちゃんほどクリエイティブな人はいない。一瞬一瞬が作品みたいな人だ。チビが二回もおめんでおめんを食べて、「これまで食べたうどんの中でいちばんおいしかったです」と店の人に告げていた……。

6月2日

奈良くんの焼き物の展覧会。

あまりにもすばらしかったので、本人にも熱く語ってしまった。

手先でつくれば、いくらでもかなりいいものや、人が単純にいいというものや、買ってくれるものを作れる実力を身につけたのに、あんな歴史的なものに何度でもトライする彼。

それが奈良くんだ、とまざまざと見せつけられた思いだった。

しかも私は、数年前に、彼が陶器を作りだした時期の作品を見ているが、もちろん素人《しろうと》ではないにしても、ここまでくるとは思わなかった。あの時点からここまでに、どれだけ人に言わない大変さ、楽しさがあったんだろう、と思うくらいに進歩している。ありえない。

彼を見ると、あまりの実力と行動力に、性差について素直にならざるをえない。

女性があれをやったら、なにかとりかえしのつかないものを捨てることになる。そう思う。子宮をとったり、離婚したり、ものすごいブスになったり、気が狂ったり。

もちろん彼も男性ではあるが、なにかを捨てて歩んできたのだろう。

そして、どんな人でも作品と向き合う時は、ひとりだ。

深くそう思った。

6月3日

お昼は鍼《はり》。淡々としていて、ほっとする先生だ。

鍼は即効くので、助かる。飲み物を飲む勢いで、効果を吸い取る感じ。

それから亀《かめ》の病院。まだまだ寄生虫はいるが、あまり害はなさそう。

先生「あれに似てるやつが、いる、あれ。自動の掃除機」

私「ルンバですね！」

先生「そう、ルンバがいっぱい。すごく動いてる。でもきれいにしてるわけじゃない」

がっくり！

フラには腰がまだ治らず行けなかったので、ごはんだけ家族をさそって食べに行く。

チビがひっきりなしにおままごとのステーキとかケーキを出してくるので、中華を食べたのに、なぜか洋食を食べたあとの気持ちになって帰宅。倍なのか、損したのか。

6月4日

父と多分人生で最後の対談。

大好きな人たちとだったので、緊張していなかったが、やはり父は偉大だった。私の言ってることと関係なく、質問者たちの質問もほぼ無視して、私への遺言をただこつこつと語ってくれたのである。にこにこして、きびしいことも優しく、あたたかく。

小さい頃に戻った気持ちになり、そして、大事なものがどんどんわかってきた。

夢のような時間だった。一生忘れないし、父が去っていく日までただただ父を支えようと思った。このバカ素直な性格は、私の宝である。

どう感謝を伝えてもあまり聞いてないので（笑）、たかさまに踏んでもらったのち、母の退院祝いもかね、姉のつくった宮崎のチキン南蛮を食べる。「ひまわりっ」を見てたれまで取り寄せ、そのとおりに作ってもらった。ぎょえ～となるほど甘かったけど、なにかの魔法みたいにおいしくなっていて、超びっくり。らっきょうがきらいな私でも、このタルタルソースの中のらっきょうは必須《ひっす》だとうなずいた。

たかさまの無言の応援を受けると、健康になるぞ～とふつふつと決心がわいてくる。

6月5日

ご近所の大平さんちでひそかに「ZUBO」の展覧会が行われていたので、飛んでいく。引き出しも買っちゃった。すてきなおうちだった〜！　なごみすぎて、住んでる錯覚さえ。勝手に台所に入り、かわいウェイトレスさんたちに不審がられた。チビには日本家屋のよさがいまいちわからなかったみたいで「でんきがどんよりしすぎてるよ〜」と言っていた。その子ども心もわかるな。

そのあと、マーコさんに会う。

マーコさんのいれた考えられないくらいおいしい日本茶を飲んだら、心が勝手にどんどん変わっていった。マーコさんのきらきらした目に吸い込まれて、くらくらっとなって、帰りの車の中でももう眠くてたまらなくなり、家について、寝て、起きたら、なにかが変わっていた。

相変わらずすごい人だ……！　幸せの魔法使いだ。

6月6日

いろいろ勉強になる大人の女の裏技も伝授され、かなり気持ちは前向き。

フリマの下見。下見といいながら、ビールを三杯も飲んで、バッグばかり三個も買ってしまった。あまりにもかわいすぎた。他にも体をあたためる塩だとか、いい買い物をした。そしてフリマのことがだんだんよくわかってきたぞ。

陽子さん、まみちゃんと合流。

まみちゃんとはまた大平家の展覧会カフェに行って、かわいいちびウェイトレスさんたちに和んだ。特に「さんぴん茶いただけますか？」と言ったら、「あ〜、今、ない……。もしかして作るのに時間かかるかも」と悲しそうに言われたときはきゅんとしてみんな笑顔になってしまった。りえちゃんがきて出張つきまさになり、いちだんとにぎわう。

それにしてもセンスがいい家ってうらやましいなあ！　ちゃんと生活のものがごたごたあるのに、なぜかすみずみまでいろんなものがすっきりとしていて、引っ越したくなった。後から舞ちゃんもやってきて、いっしょにお茶をした。近所っていいな〜。

6月7日
タオゼンの朗読会へ。
大内さんと杉本さんと山田さんのものすごいもてなしにビビる！　くらいであった。

五食分くらいいただいた気さえ……。

みんなきれいでかわいくていい感じのお客さんだった。

石原マーさまのすばらしいアルゼンチンギターを近年めったに聴くことができないので、すごく感動した。そういえば昔母も聴かせてもらって感動して「あんたなんであの人と別れた」と言っていたなあ！　別れてもう十年くらいのときだった。遅すぎる！

6月8日

沖縄へ。追悼の小さな会のため。

腰は痛いが、ここは根性で。

飛行機に乗る機会が多いので、つい書いてしまうのだが、ANAが潔《いさぎよ》く機内販売を新幹線の車内販売方式にしたのは、あらゆる意味でやるなあと思う。もしかしてあのほうがいいのかもしれない。さっぱりとしていて。こういう先手&センスが企業を救うのだなあ。

おじぃが迎えに来てくれて、チビ大喜び。その足でこぺんぎん食堂へ。おじぃが経営関係の特権で「卵のせて」と新しい裏オーダーをしていたのでびっくり！　チビが立地を含む店のコンセプトを根底からくつがえす「わ〜！　おいしそうなさぬきうどんだね！」を言い、店中の人がみんなずっこけ！

夜はカラカラとちぶぐゎーへ行き、かよちゃんと思い出ばなしをしながら、しみじみ飲む。聞いていてほんとうにわかった。「寿命だったんだな」って。すごく前から自分は何歳くらいでこういうことがあってから死ぬと言っていたそうだ。こういうことがほんとうにあったから、死ぬのがずっとこわかったんだな。安らかにあれと思う。おじぃが来てくれて、いろいろな体験を話してくれて、かよちゃんがみるみる楽になっていった。豪華ゲストのかっちゃんまで登場し、しみじみと、ほっとしながらいい夜を過ごす。

このあいだ同じ夜道を歩いたときは、いっしょだった彼がもういない。おやすみ、と別れて、帰っていくかよちゃんはひとり。家についてもひとり。悲しい。でもきっとまだ彼はそのへんをうろうろしてるよ、と思いながら、ちょっと泣いた。かよちゃんはいっしょに働いてるときから、いつも私よりもずっと強い。

6月9日

またもこぺんぎん食堂に行って、サラダやすばを食べまくり。ここのサラダ、信じられないくらいうまい！

そしてチビとおデートをしながら、シリシリのおろし金を買ったり、アイスをいっぱい食べたりして、夕方飛行機に乗る。沖縄に行くと、いつもひさしぶりに触れる人情の網の目にほっとしたり、空が高くて家が四角いコンクリなのを見てるだけで安心する。海に行かないのに海をいつも感じる。いろいろな問題がある場所だけれど、やはり神や霊が生き生きとしている。

最近ツイッターでよく会話をしてる角田さん。今日寺田さんの会に行けず、会いそびれたからほめてるのではなく、昔授賞式で会ったときから、旅をたくさんして、自分の立場をあかさずに、不特定多数の変な人に会ってきた人特有の力強いオープンさを感じ続けていた。作品にもそれが出ていると思う。人の心の闇《やみ》をしっかりと描きながらも、どこかオープンで、親切で、かわいいことや楽しいことやしあわせの力をぐっと信じているところ。

6月10日

小沢健二くんのライブ。もうくんづけにするような歳《とし》ではないんだな、お互いに。

でも永遠の「小沢くん」だ。

はじめは、ちょっと不安だった。ブランクがありすぎるから、どうなっているのか、こわかった。最後に微妙に仲違《なかたが》いして別れたことも。でも呼んでくれたということは、大丈夫ということだな、と思って、軽い気持ちで出かけた。いつものライブみたいに。ライブ後のごはんのことなんか考えたりしながら。

でも、最初の一曲から、自分の中のたががば〜んとはずれて、音楽に飲み込まれた。もうごはんなんか一生食べなくていい！ くらいの熱い気持ちになった。小沢くんのポジティブなオーラがその力強い声量に乗って、会場を包んでいた。一曲のこらず、歌える自分にもびっくりした。そして新しい曲と古い曲に全然懐《なつ》かしさとかセールスの匂《にお》いを感じず、ただ音楽を楽しんだ。歌って、踊って、叫んで、泣いて、笑っていたら、いつのまにか最後に残っていたぎっくり腰の芯《しん》の痛みがなくなっていた。音楽の奇跡だ！

当時いっしょにライブに行っていた人たちはもうてんでばらばらに国外にいる。でも、今大事な友達であるりかちゃんとちはるちゃんと、それぞれ別の場所でオザケンを聴いていた人たちと、全く同じ気持ちでいっしょに歌って踊ったのも、最高だった。今の自分を好きになるっていうか。

楽曲のすばらしさ、そして詩のすばらしさ、考え方のすばらしさ、全《すべ》てが彼の大きな成長を表し、「前からすごいものを作っていた」という事実をいっそうふくらませていた。

楽屋で会った小沢くんは、すっかり大人になっていて、最後の時期のあの苦しみ(私も悪い時期だった)、とげとげしい態度と幼い浮かれ度が交互にやってくる感じなどが全部はずれて、しっかりしていた。一回ハグしたら間のすべては飛んで、当時の楽しさ全部がカミングバックしてきたよ！　そして彼はうちのチビにやっぱり似ていた。この数週間、ライブに行った人みんなに言われた。「チビちゃんって……オザケンに似てませんか？」私も、似てると思います。あの踊り、あの体型、あの顔。

彼がしているいろいろな活動、筋が通らないと思っている人のほとんどが「結局は名家の息子だろ」という妬《ねた》みであると思う。しかし名家の息子は趣味で音楽をやっているわけではなく、彼の見たもの、行った場所、思ったこと、友達から聞いたこと、している活動、全てが時間をかけて音楽に還元されている、そこがいちばん大事なところだ。音楽がだめにならなければ、どんなことをしていこうと大人だから自由なのだ。ぶれずにそのことを見ていきたいとあらためて思った。

ほんとうに夢のようなライブだった。あんなに大勢人がいたのに、ばったりと加藤木さんに会うのもすごい。でもあたりまえみたいにいっしょにごはんして帰った。

小沢くん、ありがとう、腰が治った！　小沢くん、すばらしい音楽をありがとう。

6月12日

あゆみちゃんが来たので、ちょっとお茶したり、ちょっとだけ散歩。

チビと剣で戦いながら「こっちは肉体労働してるよ！」って言っていたのがものすごくおかしかった。

あとはひたすら仕事仕事。ちょっと晩ご飯、また仕事。チビはうっぷんがたまり、暴れ、怒られっぱなし。

こんな感じの土曜日を過ごせるのもあと何年かな、と思う。チビが家にいてくれるのは今だけなんだな。

6月13日

としちゃんが来た。なんだか嬉《うれ》しい。

バーキタザワでみんなしみじみ昭和にひたり、茄子《なす》おやじへ行く。全体的に旅先のような気分。夏ってそういうもの。この歳になると何回か「こりゃあ、まずいな、死ぬかも」という場面に遭遇する。そういうときに、なにが惜しいかと考えると、つきつめるとほとんどが自然と接して気持ちがよかった瞬間だ。そのとき誰といっしょだったかはもちろん大事だけれど、風が吹いてきたり、星がキラキラしていたり、気持ちのよい光が顔に当たったり、みんなとそういうのを共有して、過ごす、そういうことができなくなるのがいちばんつらいのだと思う。東京にいても、どこにいても。温暖化はともかくとして、そのときどきの気候が暑いなりに、寒いなりに、とにかく心にとって美しいことが人間にいちばん大事だということ。

6月14日

チビがすごい熱を出し、びっくり。

もちろん幼稚園は休み、病院に行ったり、自分も鍼《はり》に行ったり、iPadを受け取りに行ったり、忙しい。やむなくチビを留守番させることもあり、感無量である。留守番できるようになっていることが。

チビ「だれが来てもあけちゃだめ？　たとえ大家さんでも？」

不思議な心配のしかたであった。

6月15日

チビはまだまだ熱。幼稚園最後の週なのに、切ないなあ。でも、お休みして、午後は熱がさがったので、歯医者さんだけ行く。なんでこんなに虫歯があるのだ、君は。それは甘いものばっかり食ってるからだ！

近所だったので帰りに意味なく物件を見に行ったら、ものすごく生々しい夜逃げ屋敷で、洗濯物までそのままで二年間放置してあった。出て行く前の日までハーブを育て、本を読んで、靴を干していたんだなあ、と不動産屋さんとなんとなくしんみりした。

6月16日

ＫＲさんが東京にいらしたので、セッションを受けに出かけていく。

ＫＲさんはとてもすてきな方で、ロミロミを四十年やり続け、ホ・オポノポノもヒューレン博士よりも昔から実践している。全身からたちのぼってくるただものではない、しかし自然な雰囲気に私もちほもヒロチンさんもノックアウトされた。あの静けさ、あのさりげなさ、あのむりのなさ。

セラピストってこういうものだよな〜、みたいな自然な感じなのだ。頭でなくって、体でわかってるという感じ。ＫＲさんに踏まれていると、奥から疲れとかたまったものがどろどろっと出てきて、やっと息ができた！　みたいな自分の中の自然がにじみ出てくる。

しかし、チビは幼稚園に行ったら、また熱出して帰ってきたので、新潮社の打ち上げには不参加。いつもの焼き鳥やさんで、おいしいもの好きな打ち上げメンバーとしみじみ語り合う。帰りはみんなで池ノ上まで歩いて、妙に楽しかった。

6月17日

大事をとって、幼稚園休み。だって声が出ないんだもん！　今日は卒業式のリハーサルだけれど、ぶっつけ本番でもいいということにする。

引っ越していたけれど懐かしい病院に検診に行き、関さんや浦野先生に会い、安心する。やっぱり楽しかったな、妊娠出産！　はっちゃんと小さな声で飲尿の話をしながらごはんを食べる。周りの人はいやだっただろうな〜。謎《なぞ》のビーサン女と、首にタオルを巻いた男が、テラス席で生野菜を食べながら、飲尿の話。

夜は遅れてフラに行く。ちょっとだけ参加したけれど、踊れるだけで嬉しかったし、クリ先生がとなりに来てくれたから、ふだん以上に流れを感じることができて、幸せ……踊るって、もう下手でもなんでもほんと、幸せ。頭を使う仕事だから、体がなまってるのがよくわかるのだ。

数人でバーに寄ってごはんを食べるも、全てがひき肉とトマトでできているものしかない。ナチョス、タコライス、ピザ、トマトとオリーブのオーブン焼き、みんな。「なに頼む?」「ひき肉とトマト以外ならなんでも」というところまで、追いつめられたが、そんなものはなかった。

6月18日

チビの卒業式。イーヴォさんちのサラちゃんと、きゃっきゃおしゃべりしながら舞台に上がっていくチビ。ジャケットを着て、いっしょうけんめいスピーチをしていた。かけつけたいっちゃんが写真を撮ってくれているのがいちばん感動した。いっちゃん、チビが幼稚園行く前から、いっしょにいてくれてるんだもんね。もう会えない子も、まだいっしょの子も、みんなおめでとう。少人数で穏やかでいい幼稚園だった。ありがとうございました。

実家へ行き、あっこおばちゃんと、両親とお茶を飲む。あっこおばちゃんを送っていき、久しぶりに昔飼っていた長やん(ケヅメリクガメ)に会いに行く。ものすごおおおい大きさになっていて、びっくりした! もう呼びかけにも答えてくれないけど、かわいがられて幸せそうだったから、よかった。亀《かめ》って蓮《はす》の花とすごく似ている。突然に違う高い次元が現れる感じ。中国の人がめでたいと思うのは正しいと思う。

姉がものすごい傷の写真を刻々と送ってきて恐ろしかったが、だいぶ回復していた。

ほっ。

6月19日

島袋さんと対談。リトルモア「真夜中」からかわいいおじょうさんたちがやってきた。カメラマンは金村修さん、ポリシーがぴしっとしていて、あったかくて、すごくかっこいい撮りかただった。カメラマンの人って、みんなその時々で、その人だけの世界をしょって歩いている。例えばHIROMIXさんは彼女の透明な世界を、チカシくんはチカシくんの美しく冷たい世界を。うちのなんでもないカレーやただ盛っただけのおみやげいちごを、永野雅子さんが写真に撮ったら、永野さんの世界がいきなり出現した時も、そう思った。

みんなちょっと世の中からはずれているので、とってもいやすい。居酒屋までのんびり歩いて行って、おいしいものを食べながら、楽しく飲む。島袋さんほど、アーティストらしい生き方をしている人はなかなかいない。まっすぐに、なにがなんでも、がむしゃらに、常に創《つく》り続けている。生きている瞬間全部で創っている。声もまっすぐ、時間のとらえかたもまっすぐ、意地でもポジティブに。

みんな楽しい人たちなのでチビのテンションがどんどん上がっていき、熱も上がっていき、もうしらないよ〜と思いながら、帰って寝た。

6月23日

それにしても、成田で食うたこ焼きは、うまい。

そして日本の翼にはもう中国のアテンダントしか乗っていない！

メシはアイスだった、それもすげえ！

ちなみに、帰りにいたっては、せんべいとカップケーキ一個ずつで、さらに朝の7時に食うためのメシのでっかい箱を、なんと夜中の十一時に配りだした。きれいな布袋（このおまけが喜ばれると思ったんだろうけど）に入った箱の中に、凍りそうなパンと小さな肉片みたいなのと五切れの果物が入っている。温かい機内食温かい飲み物ゼロ。こういうことだからああなるんだなあとしみじみ。サービスというのは、寒い機内で手渡される一杯のあたたかいお茶と笑顔のやりとりのことである。いちいちツボをはずすマッサージのような会社だ。いつも、あまりにもおもしろくはずれているので、ついついいつもつっこんでしまう。

バリに到着、真っ黒いみゆきちゃんや健ちゃんに出会い、ホテルでカップ焼きそばを狂ったようにむさぼり食う。それにしても、ちほが焼きそばを食べる姿は天下一品だ。焼きそばのCMみたい。

6月24日

やっとうまいものにありついた。健ちゃんの持ってきたフルーツとお菓子も食べて、部屋についてる小さいプールで泳いだりして、ちょっといい気分。

久々にみゆきマッサージを受け、ものすごく懐《なつ》かしい。

その声とか、手の感じとかで、もう体が喜んでばっちりほぐれた気さえ。体がおぼえているんだな、と思った。困ったときに助けてもらったこと。

みゆきちゃんおすすめのカフェで晩ご飯。マグロの揚げ春巻きとか、ものすごくおいしかった。サッカー場を王宮に向かって右に曲がった一軒目くらいの右側の西洋人向けのカフェ。

6月25日

健ちゃんの下宿を見に行き、きれいな景色の中でお茶を飲む。ほんと、いいところ。見晴し台みたいな瞑想《めいそう》小屋まである。子連れじゃなければ、ステイしたいくらい。しずかで、田んぼもきれいで、オーナーはきれいずき。健ちゃんは幸せな暮らしをしてるなあ。

そしてその近所のサリ・オーガニックへ。畑もあるから、全部とれたて。なんともいえないおいしさと充実感。

そのあと、みゆきちゃんとふたりのりでいそいで帰り、バリにおける、ハワイのカフナみたいな人を紹介してもらって、視《み》てもらう。

ちょっと左とん平が入った、かわいいおじさんだった。

マッサージなどもしてもらう。

ここまで、初対面の人に全《すべ》てをほとんど無償で捧《ささ》げられるなんて、ありえない、そう思った。少しのエロさも、少しのあせりも、お金がほしいも、お仕事ですから感覚もない。親戚《しんせき》のおじさんにゆっくり話を聞いてもらったような。

こんな人が地域の悪をストップさせていたら、みんなが気軽に会いにいけたら、世の中は違うだろうなあ。昔は日本の寺や神社はそういうところだったんだろうなあ。日本人、働きすぎ。もうものはいらないから。

体はかなり悪いみたいだけれど、こつこつ治していこう、と彼の真摯《しんし》な姿にうたれて、あらためて決心した。

6月26日

Ayaさんとオーガニック市場でばったり会って、Ayaさんの店に行き、いっぱいいいものを買った。バスボムなんだけど、香りも色もすごくよくて、もうほんと、すばらしい。

ツイッターばんざい！　もうひとりものすごくかわいいAV女優さんがバリ情報をくれたが、オレがもし男だったら、今頃夜も眠れずにダイレクトメッセージを送りまくってるだろうな〜。ううむ。

ヒッピーの聖地、バリ・ブッダに行き、非ヒッピー的な態度で食べまくり、combuchaも飲みまくり、ヨガの先生ひろしさんにあきれられる。

それからウタマスパイスの工場に行き、あいさつができない変な日本人の女性に子どもをぶたれたりして（まあ、ぶちたいくらい、うるさいけどさ。でもみんな昔は子どもだったんだからさ）、びっくりしつつも、みゆきちゃんが現地でもみんなに好かれてるのをすばらしいな、と思う。ウタマスパイスの人たちがみゆきちゃんのことをかわいくてしょうがない、という目でにこにこして見ていて、誇らしい気持ち。

それからひろしさんのヨガレッスンを、腰を痛めない程度にゆるめに受けて、夕方すっかり眠気もとれた感じで、ケチャックダンスを見に行き、カフェアルマでみんなでごはんを食べる。美術館併設のカフェなんだけど、なにもかもおいしかった。みんなでひろしさんをいじってからかうも、さすがヨギ、全く動ぜず。

6月27日

朝、バリハイのおじさんが奥さん手作りの揚げバナナをいっぱい持ってきてくれたので、それが朝ご飯。甘くて、しっとりしてて、最高だった。夢みたいな味だった。

お買い物、街歩き、ぶたメシ、プール、ぶらぶら。

お買い物はするんだけど、目的がお買い物ではなくって、ぶらぶらすること。

王様の別荘への道からチャンプアンに向かう道の途中で、ぱきっと空気が重くなり、人間も風景も店もみんなダークサイドに入る。これは、すごい露骨。

そして山に向かってまたじょじょに抜けていく。

ここまではっきりしてると、楽しいくらい。もしも嫉妬心《しっとしん》や暗いものを抱いていたら、トラップされて、増幅される。なければ、スルーできる。ただそれだけ。結局は本人。

夜はママズワルンへ行き、ママのおいしいナシチャンプルをいただく。激うま！　しかもこの店のスープは異様においしい。お礼にヒロチンコさんがママのいためた足をみてあげた。

6月28日

あまりにも体調が悪かったらしく、もう一回ジャムウおじさんが会いに来てくれた。かなりのところまでしあげてくれた。健康の感じを、ちょっと思い出した。あのおじさんの優しく真剣な態度を見ていたら、自分を大事にしよう、と決心をかためることがますますできた。

最後の日なので、タナロットへ。とってもいいところだった。全てが開けていく感じ。ハワイにおける、ホナウナウのヘイアウのような、ゆるされる雰囲気。すやすや寝てるウミヘビも見たし、すごく満足した。みやげものやさんさえ、ゆるされてゆったりしていた。観光地には珍しいピースフルな感じ。

みゆきちゃんとビンタンスーパーで合流して、ごはん食べて空港へ。

健ちゃんも、みゆきちゃんも、ちほも、ふだん国内にいない。めったに会えないはずなのに、会うと一瞬でふだん会えない人たちということを忘れる。別れるときは切ないけど、また会えば一瞬で戻るってわかるから、悲しくはない。

人間関係って、そういうものだと思う。

6月30日

ここぺりへ。

バリの雰囲気で体が基本的にゆるんでいるので、あちこちが反応よく、いい感じ。いつもこのくらいのコンディションでいけば、多少こっていても美奈子さんに苦労をかけないのだが!

ごはんのあと、舞ちゃんとゲンイチと一瞬飲みに行き、帰りにてっちゃんの送別会に寄る。なんて悲しいことだろう。会えなくなるなんて。いつもいたのに。チビが三歳から六歳までのあいだ、毎日いつもだ。

言いたいことはいろいろある。だって、だれが見ていても、こうなるってわかっていたのに、わかっていた道を目をつぶって進んでいったから。

人は、行き詰まったとき、まず大事な人から失っていく。

でも、若い人たちには、苦しむ権利がある。そう思って、あまりなにも言わなかった（言ったけど）。
べそかきたい気分だった。

7,1－9,30

7月1日

Coccoさんの「ポロメリア」。小説と言っていいのかどうかは別として、あの、出口のない水商売的路地の閉塞感《へいそくかん》と芸能の才能にひきさかれるエネルギー、いっぱいによみがえってきた。賢い人だ。そして表現がすばらしい。自分の言葉以外を使わないから、ほんとうにえらいと思う。犬や自分の体に八つ当たりできたら、芸能に進めるできないタイプは、闇《やみ》を持って作家になる。どっちもいっしょだ。創《つく》ることは苦しい。

7月2日

たけちゃんに晩ご飯に誘われてお店を目指すも、お店の人がむちゃくちゃな道案内をしてくれて、全く見つからず、大遅刻。でも許してくれたのでほっとした。忙しい仕事の人なのに、寛大だなあ、と思う。

いつ見ても大変そうな忙しそうな彼。久しぶりに麻布界隈《かいわい》のバーにも行ったが、なにも変わってない。いる人も、お店の人も、時が止まったかのようなふるまいそして服装。

私が捨ててきた世界だ。というかもともと眺めにいっただけか!

7月3日

近所のエステに行き、お肌をなんとかしてもらう。日焼けその他でメロメロだったが、なんとなくよみがえった。

夜は実家に行き、たかさまの会に参加。姉がサムギョプサルとかキッシュとかまたもがむしゃらな量を作っていた。姉の手もなんとか治ってきたし、私の腰もまだまだ完治とはいかなくてもかなりゆるんでいて、たかさまがほっとしてくれたのがなにより嬉《うれ》しかった。たかさまのためにも、健康でいたい。

7月4日

おそばを食べたり、海でちょっと泳いだり、ファイブスターのコーヒー豆を買ったりして、とにかく葉山にいたので、せっかくだから三崎にいる矢野くんをたずねて大勢でまるいちの魚を食べに行く。彼の地元友達のすてきなお医者さんもいて、矢野くんの豊かな人生をかいまみる。仕事とあまり関係ない友達が多いほど、人生は楽しい。

その人が、初対面の人にどう接するか、店でなにを注文するか、どういうライフスタイルをしているか、で人生の経験がわかる気がするけれど、そのお医者さんは全身から、今ここでだれかが交通事故にあっても、なんとかできる人だ、という気合いが漂っていた。

おいしいお魚、おいしいエスプレッソとワイン。昔、土肥はこういうふうだったなあと思う。熱意ある、お金に揺れない編集者と、骨休めでリラックスした作家と、子供たち。港に弱い私は、ノスタルジックな気持ちになり、泣きたくなった。葉山に住んでおいてなんだが、小坪とか三崎とかさびれた港が好き。

チビは矢野くんのめがねをはずして「矢野さん、思った以上にかっこいい顔」と叫び、矢野くんがそれをみんなに宣言して、ふたりで道ばたで抱き合っていちゃついていた。全員が「やってなさい」と思いました。

それから身体能力のものすごく高い若き男子オランダ人と遊んでもらって、チビが衝撃を受けていたのも、面白かった。あんなに体の動く人がいるなんて！　みたいなことを夜まで言っていた。大事な勉強だな〜。

7月5日

ゲリーの「象がタンゴを踊る場所」読了。長く、面白く、スリルにあふれたすばらしい小説だった。読めば読むほど、ゲリーのことがどんどん好きになる。私は基本的に人を「こういう人だと思ってたのに、意外」ということは決して思わないのだが、ゲリーがここまで小説の才能がある人だとは、思っていなかったかもしれない。こういう誤算は、いくらでもあっていいと思う。

7月6日

TVの収録。

とにかく、正直に言えば言うほど、とりたててなにもない我が人生。

なんといってもさかいが昔の写真をきちんととってあることに衝撃を受けた。

ふたりとも瘦《や》せてて、なんかかわいいの。

それから山登りでさかいが死にかけたことも生々しく思い出した。さかいの着てたダンガリーのシャツが、汗で真っ黒になって、肩で息をしていて、こわかった。子どものころ「熱中症で脱水」とか「山登りで遭難」とか、ニュースで聞いていただけだったけど、このときにはじめてほんとうにあることだと思った。

中学の卒業アルバムもあって、もう何人もが帰らぬ人になっているのも、悲しかった。このときは、こんなに若く、こんなに元気なのに。あと、目立たない人であったはずの初恋の子があまりにもかっこいいのにも衝撃を受ける。なんかこう……村上春樹のようなオーラ。この頃から、自分は、見た目以外のものを見ていたんだ、とあらためて確信した。

7月8日

まだ腰が微妙なので、遅れてフラへ。ほとんどひざを使えない踊りだけれど、少しずつ、リハビリ参加をしてみる。ここにいるみんなの、どのくらいの人たちと、いつまでいられるんだろう、前はいつもそう思っていて別れがこわかった。でも、一回踊れなくなってみるとわかる。今、いっしょに一回でも踊れるだけで嬉しい。ジュディさんの声がきける、とかちゃんのかわいい足先を見ることができる、ゆうこちゃんのおくゆかしさに触れられる、のんちゃんがいつも温かく見ていてくれて、私が毎回同じところで間違ってると、三回目くらいにそっと教えてくれる、じゅんちゃんは他のクラスで教えていても、全然いばらない。まみちゃんはうまいけどうまいでしょ！という感じで踊らない。その他のたくさんの人のそういう面を毎回見ることができる。

ごはんを食べに行くも、後ろの席のお金持ちそうな若い人たちパーティのうるささがほとんど怒号！

目を閉じて聞いていると、気持ちのよい発声がひとつも含まれていない。若者もたいへんだなあ、と思う。

7月9日

すごい一日！　まずはえりちゃんのところへ行く。えりちゃんにいろいろ相談し、すごくすっきりする。いろいろあいまいにしていたことが一刀両断ですっきり。シンプルになっていけそうで、単純に元気になった。えりちゃんのように生きている人が少ないので、同じような生き方をしている自分としてはとてもほっとする。いっしょにごはんを食べに行く。

チビ「チビちゃんはシェフになれますか？」

えり「お料理はずっと好きだと思うけど、シェフよりももっと楽しいことが待ってるかもよ」

チビ「な〜んだ、シェフになれないのか〜」

私とヒロチンコさん「いるいる！　こういう客！」

そのあと、白金台のアダムエロペに行って、もうひとりのえりちゃんやその家族、仲間たちとお茶したり、ツリーハウスに登ったり、お買い物をしたりする。あんなお店近所にあったら、破産だ！　特にスキンケア類がかなり厳選されていて、感動した。

えりちゃんはここでずっとこつこつと働いてきたんだなあ、というのも、感動。

帰りに親くんと合流し、お友達が作っているといういい感じのインナーをもらい、iPadについて語らいあう。すごい雨が降ってきたので、雨宿りしながら、カフェミケランジェロの変な客たちを観察して過ごす。不況と喫煙率の関係にも思いをはせる。パリの路面店に似てて劇場型ではあるんだけど、パリのほうは、すごいおばあさんとかいて、基本的に放ったらかし。チップをかせぐすごい店員だけはてきぱき。そこが違うところかなあ。アジアだなあ。

イタリアは、もっとムードがない。美しいけど、ムードはない。各国の違いが面白い……。

7月10日

夏休みなのにママのお仕事につきあわせて申し訳ないので、境港《さかいみなと》の鬼太郎のところへ連れて行く。宿のおじょうさんに送ってもらって、女子の旅気分。

このブロンズ像はやっぱりすばらしい。コケカキイキイなんて、普通駅前にないもの。前来た時は地震でぐちゃぐちゃだったけれど、今回はみんな見ることができた。親の方が大満足。水木しげるさんのすばらしさは、歳《とし》をとるとどんどんわかってくる。

清潔なお宿で「残すなよ」トークを仲居さんから聞きながらも、TVなど見て、くつろぐ。最近、どこに言ってもそれに出会うけど「残さないように仲居さんからがんばってすすめましょう」マニュアルがきっとあるんだな。残すのは、お昼を食べ過ぎてたり、出てるものが瓶に入ったりレトルトだったりしてるのを売店で見ちゃっているからだったり、多すぎたり、調理法が微妙だったり、いろいろな原因があるわけで、人がどうこう言ったから、食べすすむわけではない。まあ、これはそこに泊まるほうも悪いから、どっこいだと思う。

お宿の特製の、どぶろくのような「海に降る雪」というお酒をいただいた。酸味があってさっぱりしておいしかった。地元の人がいっしょうけんめい作るものに触れると、ありがたい気持ち。

7月11日

お仕事本番。

チビが「のみのぴこ」を暗唱したら、谷川俊太郎さんがものすごく喜んでくださり、ガリガリ君をおごってあげたい気分だった。でもチビはいすにふんぞりかえって鼻くそをほじりながら谷川さんに向かって「どうしてあんないい本が書けんの？」と言っんなど。そして玄侑宗久《げんゆうそうきゅう》さんと思い、取り消した。そして玄侑宗久さんに向かって「一休さんだ！　写真いっしょにとって、四歳くらいから好きだったんだよ～」などと言っていて、もう、とにかく逃げ出したくなった。

徳永先生の「野の花診療所」がもよおしている大きなイベントに参加。でも、私は、ほんと～にいる意味ゼロだった。ただの観客。私がしょうもないことを言うと、谷川さんがかばってくださるので、胸きゅんだった。

谷川さんの朗読でぐぐっと感動したり、玄侑さんのお経に「こんな心のこもったお経よんでもらえたら遺族も幸せだ」と涙したり、飛び入りないしょでいらした一青某《ひとと》さん（笑）のすばらしい歌声にやはり泣いたりした。

一青さん、はじめてお目にかかったけど、思った通りの人で、なんていうのかなあ、「よく見せたい」みたいなところが一個もない、ありのままの人だったので、心から感動してしまい、また「うんと幸せ」という詞と曲があまりにもすばらしくて、ものすごく好きになった。そしていっしょにいたお友達が、私ももしこの人が幼なじみだったら大好きになってずっと友達でいるよ、というような信頼できるすてきな人だったのも感心してしまった。

彼女の詞はぐっと濃いので、メロディアスな曲を添えると、キャッチーではあるが、詞のよさが死ぬと前から思っていた。近年の、小林さんのさりげなく深い曲とのコンビネーションは、ぱっと聴いただけではわかりにくいが、あの詞の濃厚さをすっと受け止めて深みを出す、最高のものだと思う。
谷川さんが、自分の内臓や体のパーツにさよならを言うあの有名な詩を朗読したあと、徳永先生が「なんで消化器にはさよならをいわんの?」とおっしゃっていて、さすが医者だ! と思った。

7月12日

さすがにちょっと腰が痛い、それはそうだ、飛行機に乗って、本番でも何時間も座ったし。いたわりつつ、実家へ。パッタイと炊《た》き込みごはん、炭水化物祭り!
玄侑さんのお父さんの親友が、父の昔の親友だったことがわかったと父に伝えたら、ここ数年なかったほどの生き生きした状態になり、ともだちというもののすごさを実感した。

7月13日

いちにち、TVの収録。

私がかみながらてきと～に原稿を読んでいるところを、いろんな人が汗だくで見守ってくださり、いい人たちなだけに死にたい気分……もう、ほんとうに向いてないことを実感させられた。多分二度としないと思う、TVのお仕事。でも、打ち上げでウルルンの裏話をいっぱい聞けたのは、生涯の宝。

たかちゃんがこまめに世話を焼いてくれて、天使に見えた。たかちゃんはしっかりメイクしてくれるんだけれど、私をいっそうこう見せようとか、今回はこういう感じで、みたいなところがない。本質だけでずばっとメイクして、いさぎよくつきそう。でもどんな状態でもカメラ映りのチェックを忘れない。これぞ仕事だと思う。

なにを悟ったかっていうと、活字を読み書きする世界とTVの番組を創《つく》る世界の方法論の違いは、ほとんど真逆で、真逆だからこそTV番組のよさがあるわけで、ここはいかに説明しあってもお互いにわかりあうことはないということだ。

7月14日

冷えと座りっぱなしで腰の調子が悪かったので、最近はまっている酵素浴の麻布ではない近所のほうに行くも、貧血で倒れ、お母さんとお姉さんに介抱されて、てへへ、となり、ちょっとほのぼのする。風呂《ふろ》で倒れたの、生まれて初めてかも。でも、お肌がつるつるに！　また行こうと思う……。

7月15日

ものすごく落ち込む行動をするも、あきらめがつき、仕方ないと思えたので、悔いはなし。とにかく全力でがんばってきたけれど、お互いのためによくないな、と思えたところで、決めた。続けると、一見だれもが平和に見えるけれど、それはほんとうにお互いを生かせるわけではない。だめになった結婚と同じで、すぱっといかないと、人生が終わってしまう。

ロルフィング。腰は六割戻ってきたのでほっとする。

冷えてるからと鍋物《なべもの》を食べに行ったら、職人さんみたいなかっこいい感じの人が説明してくれたので、職人さんみたいで不器用だから無愛想なのか？　と思いきや、単なる無愛想なまけものの人だった。最近、見極め、むつかし〜（笑）！

7月16日

「トイ・ストーリー3」を観《み》に行く。3Dである必要がないくらい、いい映画だった。そしてけっこう真剣に泣いた。あのテーマに弱いんじゃよ。チビもかなり満足していた。

なんていうか、もう、世の中がここまで来ると、手間ひまかけてああいう映画を創って、それをみんなが見ている、もうそのくらいしか反逆の手だてはないんじゃないかな、と思うくらい、いい映画だった。

夜はゲリーと会食。元気そうだったので、安心した。

チビがえりちゃんにスプーンを曲げてほしがっていたので、とりあえず家からフォークを持っていったら、えりちゃんがすぐにぐねぐねに曲げて、チビがいきなり逃避して「いや、これは夢だから、別にいい、夢だもん」と言い出したので、おかしかった。そして店の人がいちいちそれを見て「げげっ、なんてことを！　あ、うちの店のフォークじゃなかった、ほっ」という顔になるのもおかしかった。

ゲリーとゆりちゃんとえりちゃんに会いに行く前に「チビちゃん、いつか、エスパーに会ってみたい」と言ってるのもおかしかった。これ以上のエスパーたちは世界中にもなかなかおらんがな！

7月17日

ピッパさんがいらしてたので立ちより、ネックレスを買う。彼女はいつも自然、そしてあらゆる意味で特別な人だと思う。

ひさしぶりにハルタさんと会い、「エアベンダー」を観に行く。なんていうかわいい人相の人たちが出てくる映画だろう。ハリウッドのせっぱつまった映画に比べてのあまりのゆるさに驚きつつ、やっぱり大好きだと思う。ほんとうに好き、シャマラン。アクションもていねいだったけど、寺の思い出一回、逃げ出すところ一回、それだけで子どもである彼が乗り越えるべき大きなものが切実に伝わってくる、映像のすごさ。餃子《ギョウザ》を食べながらおしゃべりをして、ハルタさんの子ども扱いのすごさにヒロチンコさんとうなる。まれに子どもと話す天才がいるけど、こういう人なんだな〜。だめなことはだめといい、ちゃんと意見をいってるけど、なにも意識してないし、力が入ってない感じ。

7月20日

小学校時代の親友のおうちに寄る。会うのも六年ぶり。

写真でしか見たことのないおじょうさんがでっかくなっていて「おかあさん」って言っていて、すごいなあ、おかあさんなんだなあ、と思う。彼女の家はどこに引っ越してもちっとも変わってなくて、体が勝手に落ち着いた。みんなでゲームをやったら、チビがすごく喜んだ。

自分たちが毎日こんなふうに遊んでいたのに、いつのまにかお互いに下の代がいるなんて、ものすごく不思議な光景だった〜！

おじょうさんが恥ずかしそうに黙っていると「やることない感じだったら、別にいなくていいよ、部屋にもどってひきこもってれば」と普通に言う彼女の性格も、全く変わらず。

これまでいろいろな人に会ったが、これほどに肝が座った人は見たことがなかった。鈍いのではなく、肝が座っている。昔からそうだった。なにごとにも動じないし、あきらめもはやいし、わずらいが少ない、でもとても優しい人。人生が決まっていく時期に彼女といられたことを嬉《うれ》しく思う。

おじょうさんも優しくてチビにゲームをいっぱい教えてくれた。いい子だなあ、さすが彼女の子だなあ、としみじみした。

7月21日
昼はここぺりへ。足が変な感じだったけれど、戻ってきた。最近では美奈子さんを見ただけで、体がゆるむようになってきた。こつこつとつみあげてきた年月だ！

じゅんちゃんがヒロチンコさんといっしょに祝ってごってくれるっていうので、代々木公園のイタリアンへ。いっしょうけんめい作っているし、おいしいし、日本のイタリアンの水準は高い。チビはほんとうはヤマニシくんの家に泊まりにいくはずだったけど、ヤマニシくんの体調が悪く行けなくなってすごくしょげていた。しょげていても、必死で言わないようにしてて、彼なりにがんばってるんだなあ、と思う。

7月22日

フラ。全然体が動かない。でもくじけない。みんなにお誕生日の歌を歌ってもらい、幸せだった。あゆちゃんにもチュウしてもらいました。ご利益《りやく》で今年はモテるかな。居酒屋さんでりかちゃんとあっちゃんと陽子ちゃんも合流して、久々の全員集合。となりの席の人があまりにもうるさく、衝撃を受けるも、みんな大声で話をして、まるでパチンコ屋か海辺のようだった……！　大人の女が集まると、内容はかなりえげつなく、何回か、そんなにもうるさいとなりの人たちが「ごくん」となって静かになったので、おかしかった。

7月23日

子どもの幼稚園をやめていく外国の人たちの理由は「日本人の子がいると英語が遅れるから」というもの。そりゃそうだ、ごめんなさいよ、うちの子だよ、そりゃ！そして普通の人生の邪魔をしてはいけない、こういう家の人は、と心から思い、そしてごめんなさいとも思う。

思いながらも、ヒッピー街道まっしぐら。どこでもなんとかできるとにかく豊かな子に育てたい。そして「迷惑だけどあの子に会えてよかった」と思う子どもになってほしい。高望み。

でも、多分だが、うちの子ども、成田でチケットをあずけて飛行機に乗せたら、オアフの空港についてから、入国もして、ちほの家までなんとか行くようには育った、そんな気がする。

那須のじーじの家にみんなでちょっと立ち寄る。

ほんの少しの時間だけれど、いっしょにごはんを食べたり、嬉しい。はじめの頃、一人暮らしだから手間をかけちゃいけないな、と思っていっしょうけんめいいたあとを片付けたり、お皿を洗ったりしたけれど、今はてきとう……でも、それでよかったと思う。だって、その人の生活をしている、その人だけの場所なんだもん。なによりも笑顔で話ができるのが嬉しい。チビの人生で唯一《ゆいいつ》の歩いて遊んでくれる元気なじーじだ。ありがたい！

7月24日

四十六歳。すごいな〜！

アガペとダ・イーヴォの二本立て！どっちも軽めにいただいたが、どちらもすばらしかった。アガペのランチは、あの前菜五点盛りだけでもありえないほどにお得だと思うわ。

イーヴォさんのピッツァはもはやナポリで食べるよりもおいしいと思う。ピッツァがあんなにデリケートでむつかしいお料理だということを、彼を見てはじめてわかった。彼が粉に触ると、粉がいきなり魔法みたいに生き生きしはじめる。彼が火を見ると、火が生き物になる。職人ってそういうもの。

戸田さんの天才接客もたんのうして、作り立ての美しいケーキを食べて、にこにこして帰ったら、クムから生歌おめでとう電話が入り、動揺した。最高のプレゼントだ〜！

7月25日

iPhone 4が来たよ、と呼ばれて取りにいくも、二時間待ち。なんとかしてよ〜ん。と思いながらも、なんとかゲット。

実家で今日は姉のコロッケ大会&たかさまの踏まれたい会。

柔らかくゆるんだお腹《なか》にどんどん入っていくコロッケのカロリーの恐怖、そしてそれなのになぜかコッテリ系の「カニとアボカドのキッシュ」を持ってくる姉！

7月26日

ジョルジョとたくじがやってきたので、みんなでイケメンハウスへ。雑魚寝《ざこね》合宿。

昔からずっといっしょに旅をしてきたので、どこでもいっしょのいい感じ。海へ行き、シャワーを浴び、それからいよいよ明さんとりさの店へ行く。葉山のイル・リフージョ。

すっかり落ち着いた店内は、とてもいい感じ。りさっぴもこれぞ本業、という感じで生き生きしている。明さんも雇われていたときよりもずっとのびのびしてハンサムさんになっていた。独立ってすばらしい。決めることもやることも多いけれど、すばらしい。そう思わずにいられない変化だった。

大野家とちほも合流して、みんなでごはん。

もう、あまりにもおいしくって、信じられないくらいだった。技術もあるし、バランスもいいし、東京のどんな店でも、いや、世界的に見てもだれもかなわないお料理が数点あった。

ワインとエスプレッソも少しもおろそかにしていない、さすがりさっぴ。

これは、いい店になるぞ〜、赤ちゃんのように大事にそしてゆるくゆったり育ててほしい、と心から願う。

明さんとりさはお店が忙しいし、大野家のみなさんはいつも海外ばっかり、ちほはハワイ、ジョルジョとたくじはイタリア。それぞれにもめったには会えないのに、いっぺんに会えるなんて、これもまたいちばんのお誕生日プレゼントかもと思う。

7月27日

起きると、山が見えて、気持ちいい。風も涼しい。それぞれがなんとなく起きてきて、メールチェックしたり、コーヒーを飲んだり、洗濯物をたたんだり（うまいのでこれはたくじの仕事だった）。

みんなで暮らす楽しさよ！

朝から暑い海へ。

波がものすごく、打撲とか筋肉痛になるほど。泳ぐというよりも波に転がされにいく、という感じ。

しかし体がありえないほどゆるんだので、やはり海はすごいと思った。

みんなで散歩したり、食堂でごはんを食べたり、ビーチのバーに行ったり、ゆっくりと過ごした。一日の中にいろんな時間や顔があることを、東京では忘れてしまう。

だからみんな苦しくなるんだ、人間主体過ぎて。そう思い、やはり自然の中に出て波に挑んで転がされたり、雨に降られたり、夕焼けを見たりする受け身体験は大事だなと痛感。

7月28日

天気が悪いので、石葉へ。

あまりに人数が多いので、ランちゃんちにも寄らず、ただひたすらにお風呂《ふろ》に入る。

どこにどういうものがあると、気持ちいいのか。なにはいらないのか。なにがないとどういう良さがあるのか。そういうことを宿の人が考え抜いているのが伝わってくる。育った緑がどんどん宿をいい感じに熟成させている。

ごはんはばつぐんで、美食イタリア人たちもうなった。ひとつも「これはちょっと」というものがないし、全部手間がかかっていて、だからいっぺんにどんどん出てきてしまってさあ、早く食べて帰りな、という感じにもならない。

おかみさんの気合いと上品さ、息子さんのセンス、働く人たちの顔のぴしっとしまっていること、長く働いていて誇りがあること、その全部が一体になって、土地の精霊がいっしょに動いているみたいな、そんな感じ。あまり言わないけど、きっとご苦労もものすごいんだろうなあ……宝物みたいな宿だ。

最後の夜をいつも通りに過ごす。

珍道中、楽しかった。

7月29日

朝からだんだんお別れの気配がしてくる。

海が恋しいし、みんなで雑魚寝したのが懐《なつ》かしい。

おいしい朝ご飯をいただき、東京へ。

あまりの淋《さび》しさに下北で昼カラ。みんなの歌の中にも淋しさと疲れが両方にじむ。

チビがジョルジョとたくじと手をつないで「ねえ、三十分でいいからうちによっていって」と言っていたのが、胸キュンだった。

みんながいっせいにいなくなった瞬間、なにかがぶちっと切れたみたいな淋しさで、三日前に戻りたくって、チビと抱き合ってただじっとしちゃった。チビも今にも泣きそう。思いきり楽しむと、別れも切ないけど、やっぱりすばらしい夏休みを過ごせてよかった。

7月30日

亀《かめ》のチビちゃんの病院通いが今日で一段落。もう一匹のホシちゃんが死んでから、長い間かかって、状態を整えた。

今は体重も増え、毎日運動して、ぷりぷり。

亀ってなんでこんなにかわいいんだろう……植物を食べ、太陽にあたって、よく寝ているのを見ていると無条件できゅんとなってしまう。

7月31日

いとこと焼き肉大会。東麻布コサリにて。

大都会の中の下町という感じで、とてもなごむ店だったが、イケメンの店員さんばかりで、色めきたつ韓国好きたちがいっぱい。その中でイケメンには目もくれずに肉を焼きまくるいとこ。次はなにを食べるか、なにを食べたらなにには食べられなくなるのでは、と真剣な会議。これでいいのだろうか。

8月3日

久々にタッキーと会う。チビがすぐにタッキー！　と喜んだので、よかった。いつもいっしょにお留守番してたもんねえ。

みんなで「インセプション」を観《み》る。チビが全然飽きずに観てたので驚く。私さえも途中で深く深く、出てくる人以上に深く眠ってしまったのに！　映像のすごさのわりにはお話は単純という印象があり、なによりも、私には長すぎた……。

あそこまでしてくれなくても、私だったら、たこ焼きでもおごってくれればすぐに親の会社の方針なんて変えちゃうけど。

ごはんを食べて、いろいろしゃべって、懐かしいいい時間を過ごす。

だれだって、なにかにならなくてもいいのに、と思う。いつだれにそんなことを植えつけられちゃったんだろう、自分も含めて。タッキーみたいにまじめに生きて働いてる人が幸せでいられる日本になっていくといい。

8月4日

慶子さんが寄ってくれたので、チビも含めカレーを食べたりかき氷を食べたりして、暑いながらも充実した時間を過ごす。いっしょに旅行にたくさん行ったからか、慶子さんといると、なんとなく旅先っぽい。

チビがヤマニシくんちに泊まりにいってしまい、意外にしょげる老夫婦（?）。家の中が静かだし、なんだか気が抜けたようで、ふたりとも同じ気持ちになっていたのもとてもおかしい。親子ってこういういろんな気持ちを乗り越えていくんだなあ、と思ったし、夫婦ってこうやって夫婦になっていくんだなあというのもしみじみ思った。

8月5日

多分ほんとうは夜淋しかったのを隠そうとして、チビが心を閉ざしてしまい、いろいろ話し合ったり、大変。お泊まりが楽しくてしかたなかったことと、淋しく思ったこと、全部が巨大すぎてうまく消化できなかったみたいだ。説明を聞いていて、その混乱が伝わってきて、子どもってこうやって育っていくんだなあ、としみじみ。

最終的に泣きながら「淋しい思いをさせて悪かった、気持ちはよくわかったよ」と言われたが、なんだか上から目線で気にいらない〜（笑）！

フラに行き、集中して新しい振り付けを覚える。腰が痛いことも忘れられる時間。じゅんちゃんとのんちゃんとごはんを食べに行き、ふたりの顔があまりにもキラキラしているのでものすごく謙虚な気持ちになる。なんだろう、なんていうか、いっしょにいてくれてありがとう、みたいな単純な気持ち。

8月6日

結膜炎の子どもを連れて、眼科へ。

つきそっていた私に看護師さんが「そこに座ってください」と眼圧を計ってくれようとするので、子どものつきそいで来たんですが、と言ったら「あら、そうでしたか」とチビを座らせていた。全員サービスなのかと思ってびっくりしたが、違った。

実家に行き、姉のトムカーガイと手羽先揚げとエビトーストを食べたら、そのあとにとり粥《がゆ》が出てきた。「お粥だから軽いし」って、それは違うでしょう！　父と母が、だれが亡《な》くなった、だれが生きてるという会話をしているんだけれど、もうどっちにもだれがだれだかわからなくなっていて、なんか、いいなあと思った。いいなあとしか言いようがない光景だった。

8月7日

タヒチアンのミニホイケ。みんなが楽しそうで、キラキラしていて、笑顔で、楽しんでいて、踊りもとにかく勢いがあって、アットホームで、いい会だった。なによりも楽しいという感じがしてよかった。あの楽しさの先に、タヒチの人たちのようなバネみたいなセクシーな躍動感が初めてあるんだと思うから、みんなすごくいいところまで来てるんだな、と思った。形がいくらできていても、あの感じがないと、踊りって美しくないから。

終わっていい気持ちでキディランドに寄ったり、ゴディバでアイスチョコレートを飲んだり、服を眺めたりしてから、ふと表参道ヒルズの「ウメップ」に寄ったら、うめかよちゃんがいて、久々の再会。変わってないし、ぼや〜んとした心のブレはひとつもなくキレはいいし、そうしているあいだにも会場にこつこつと絵を描き足していた。写真はでっかいから迫力のある、すごいいい奴《やつ》ばっかり。そして動画も、まったりと三十分くらい観ていたら、すばらしくいい気分になった。

おじいちゃんがお菓子の袋をはさみで切るところとか。

おばあちゃんの背中に葉っぱがついてたり。

結婚式の歌とか、カラオケの空気の感じとか。

美しい人にメイクをして、ライティングや背景を考えて撮る写真は、絵画のようなもの。それは、作品。

そしてうめかよちゃんの撮るものは、いつもの人のいつもの瞬間。いつもの瞬間が、うめかよちゃんのきりっとした目に見てもらうと、少しだけぴりっとする。その感じが、大切。人間って前からこうだったしこれからもこうだよな、という感じ。

ある意味「己はこうだ」と決めることこそがプロへの道かもしれん。

いい気分で記念撮影をして、ヒロチンコさんと合流して、ゴールデンブラウンでハンバーガーを食べる。高いだけのことはある、さりげないのになんであんなにおいしいのか。

8月8日

夕方、舞ちゃんと打ち合わせ。

いよいよ連載が終わってしまうなんて、信じられない。

なんだか長い間ずっと、下北沢に、舞ちゃんといっしょにいたみたいな感じがする。

ずっと舞ちゃんは家に立ち寄ってチビといっしょにゲームをしてくれていたような

気が。でもそんなにたくさんの時間じゃないんだなあ、としみじみする。

いい本になりそうだし、ポスターもすてきだし、楽しみ。

舞ちゃんの絵がいちばん外側に開いていくここ数年を見ることのできた幸せも感じる。閉じているか開いているか、それはほんとうにかすかな気配なのだが、作品をひとめみればわかるのが不思議だ。はじめに個展に行ったとき、ほとんど全部今の下地はできていたが、心は外向きではなかったと思う。

8月9日

キョンキョンの原宿の本の、あまりの文のうまさと、あまりの暗さに驚く。アイドルになるっていうことは、大きく人生が損なわれることなんだ……そこを抜けてきたキョンキョンはほとんど無敵の存在だ。行き先のなかったバブル期の原宿の、目の前が暗くなるあの感じ……。

これまでいちばん「すいか」のキョンキョンが好きだったけど、その理由がよくわかった。底知れない美しい暗さだ。

それとは全然関係ないけど、たまに冗談で、あるいは呪詛《じゅそ》として、化け物とか怪物とか言われることがある。妖精《ようせい》とかもののけとか精霊もよくも悪くも言われる。そうすると、相手の悪意の有無にかかわらず腹の奥底からいい知れない嬉《うれ》しさがこみあげてくる。口が勝手に笑うくらいの幸せさで。これっていったいなんなんだろう。ほんとうに、前世人間以外だったのかも。鬼太郎やドロンパが初恋の人だったのも、わけがあるのか。

8月10日

夕方、少し時間ができたので、チビとパパといっしょに原宿方面に行き、リトルプレスの展覧会を見る。ドラゴンフライカフェにいたすてきなウェイターさんとおしゃべりしたり、カウブックスの水谷さんに久々に会ったりして、いい場所だなあと思いながら、MIHOさんのきれいな心がいっぱいつまった作品を見る。ほしよりこさんの「ビーチ」もすばらしい！　谷川先生の顕微鏡の詩も見る。この自由さとか軽さとか上品さとか……次の世代に伝わっていくといいなあと思う。心が澄む感じ。
「グラツィア」の小さな打ち上げを「お姉さんの店」オー・ペシェ・グルマンにて。なにもかもがとってもおいしいので、満腹でもみんなもくもくと食べてしまう。忙しいから全員はなかなか来られない。雑誌の動いている空気に少しだけでも参加させてもらった幸せがいっぱい。きっと雑誌の特集で打ち上げをやることはめずらしいと思うけれど、そのくらい、みんなが一生懸命だったと思う。その全部が自分に向かっていると、普通は「めんどうだなあ」と思うのに、あまりにもいい人たちだったから、ただ楽しかった。チビはプロのチカシくんに手伝ってもらって監督やってるし、たかちゃんはそのアシスタントをしてるし、ともちゃんは演技してるし、甲州街道がとっても熱かった！

8月11日

今日もイギリス式発音に満ちた、美人のマギさんに優しく微笑《ほほえ》まれながら極楽を味わえる、ひたすら楽しい英会話のあとで、がんばってAppleに行く。ここで予約して修理を頼んだり、電話をかけたりするコツはだんだんつかめてきたが、ありえないくらい大変。Appleケアに入ってない人は、人類じゃないくらいの扱いの違いとか。並んでいる人たちのあきらめムードとか。とてもあのきれいなビルの中で行われているとは思えないほどの生々しい人間模様。

でも、はっちゃんは「う〜ん、銀座の女の人は……違うなあ、いいなあ」と目をハート形にしてずっと微笑んでいた。よかったね。

帰宅して土鍋《どなべ》ボンゴレを作ったら、いつまでもふつふつ煮えていて、最高にうまい。

福森さんの土鍋は、無敵の調理器具だ。

8月12日

台風！　チビと手をつなぎあって、タイ料理ランチを食べる。

すごい風であちこちでいろんなものが飛んでいた。

湿気の中大掃除をし続け、へろへろしながらもフラへ行き、なんとかして踊る。珍しくミナちゃんとけいこちゃんもいっしょにごはんを食べ、恋の話をした。独身っていいな～！　そういえば独身のときって、恋愛のことばっかり考えていたなあ。すっげえ昔だけど。でも、そういうことを考えなくなったら、すごく楽になったから、向いてなかったかも。

ハワイでのウニキを終えた人たちが、どれだけ大変だったのかをＤＶＤで見て、身がひきしまる思いだった。あんなに優しく強いプナヘレ先生とかマヘアラニ先生がどれだけのものをのりこえて踊っているのか……そう考えると、ひとつの動きにもいっぱいの物語がつまっている感じがして、ふたりをじっとじっと見つめてしまった。

人生の他の要素をほとんど捨てて、なにかにかけた人たちにしかない輝き。

8月13日

お母さんがまた痛そうな入院をしていて、かわいそう。お見舞いに行くも、ただただ痛そうで、なにもできない。

根津のオアシス夢境庵でしんみりとおそばを食べるが、ほんとうに、このお店一軒が長い長い間、どんなに病院の行き帰りの人の気持ちを幸せにしてるか、全員を代表してお礼を言いたいくらいだ。

夜は焼き肉屋さんでたくちゃんの送別会。夏はありがとう、と言いあって乾杯をし、おいしい肉をいっぱい食べる。チビもあこがれのたくちゃんに話しかけたり、お店の人たちに柱に身長を書いてもらったり。

私はフォーマルな態度を全然もっていないダメダメ人間だけれど、ジョルジョやたくじがいつもきっちりTPOに合わせてすてきな着替えをしているのを見ると、まわりの人の心がそれですっとなるから、いいなあと思う。

おじさんが、ちゃんと引退に向かって、次の世代に少しずついろいろなものをゆずりはじめている。おじさんとおばさんがいちばん忙しかったのはこの十年くらい。そのあいだはほとんど立ち止まるひまもなく、働き続けていたのを見ていた。息子さんと娘さんは、子どもから大人になって、結婚して、子どもを作り、代が動いていく。日本人は、その「次の代にゆずっていく」という静かな感覚をすっかり失ってしまっているなあ、としみじみ思った。そんなにトップを走り続けられる人ばかりじゃないのに。ゆずれるからこそ、おじいさんおばあさんは働き続けられるのではないだろうか。

8月14日

原さんのライブに、珍しく時間があいていたいっちゃんと行く。

しみじみした選曲が多く、じーんとした。もう二十年もライブを見ている。お互いが若くなっていくことはないけれど、歴史が溶けない雪のようにつもっている。すばらしい演奏、すばらしい声。増えた家族で並んで見ていた。

チビは「いいライブだね、100てん」と上からの感想をアンケートに書いていた。ちほちゃんとたかちゃんの宴会に一瞬顔を出して、インドでボランティアをしていたちほちゃんのアクティブさに驚くと同時に、こういう人はみんなを活気づけるけれど、いつも移動していていてほしいな、という考えが浮かぶ。それぞれ役割がある。同じ場所でじっと同じことをして良い空気を作る人もいれば、こうやって空気をかきまぜ動かす人もいる。どっちも必要だ。ちほちゃんの力は、明らかに後者だと実感した。

私は、定点にいて、なにかをこつこつ作りながら、みんなをはげましたいな。

8月15日

くらげでも、お盆でも、もうかまわない！　海に行こう！　とひたすらに海を目指す。

しかし意外にいい感じで、ゆるいお水だったり、くらげも少なかったり。みんなで海水浴をしてから、つばめグリルに行って思いきりハンバーグを食べた。

夕方の光が秋の感じ。夏も終わりだ。日焼けした肩に冷房が当たる感じが切ない。

8月16日

アルジェント監督の「ジャーロ」（イタリア語だともっとジャッロという感じの発音だと思う）が、ものすごくこわくて、なんでこんなにふつうの映画がふつうにこわいんだろうと思う。これまでのこわくするための変なノウハウがぎっしりつまっていた……。見たらしばらくびくびくしてアルジェントの女優歩きになった（わかる人にだけすごくわかる表現）。

今日も海に行く。

昼はイル・リフージョで、のんちゃんもいっしょにおいしいものをがしっといただく。夜は抜く覚悟で！　まじめに作ってるからランチもおいしい！　特にしらすのパスタがおいしくて、奪い合いに。ご近所さんがうらやましい！　りさっぴもきびきびしていて楽しそう（うちにいたときだらだらしていたわけではありません）。

いつもと違う海の家の前で、だら〜んと過ごしていたら、りさっぴたちも歩いてきて、いい感じ。海辺のりさっぴ、懐《なつ》かしい！

8月17日

中島さんと、チカシくんと、打ち合わせ。

すごくいい本になりそう〜！

中島さんがとにかくぶれてないので、絶対的に安心した。いつもオーラが真っ白い中島さんの前に出ると、自分がもしもインチキをしてたら、自分が恥ずかしくなる。天才的な職人さんの前に立ったような感じがする。

夜は井沢くんにごちそうになり、立原へ。夏の立原は最高だと思う。食べてもちっとも胃が重くならない、さわやかな味のお料理が次々出てくる。さっぱりとしていて、どこかしら異国の味。

そのあと、みんなでママのいるクラブに行ったら、女子大生バイトのかわいい人がまだなにも言ってないのに、井沢くんが「ごめんね、今はもう俺にとって女子大生バイトは手が届かない遠い存在なんだ、単に自分がおとろえたのか、ものすごく忙しすぎるからかわからないけれど、とにかくごめん」といきなりあやまっていたので、石原さまと林さんと私は全く同じ気持ちで「すごい、この段階であやまってるよ……」と思って顔を見あわせた。ごちそうになっておいてなんだが、変わってないな〜！

8月19日

甲状腺《こうじょうせん》の診察。変わらないけど数値はいいみたい。

これをいかに悪くしないかが課題。病名が違うけど……絢香《あやか》のように、仮面ライダーカブト（としか思ってない、ヒロくんのこと）が出てきてくれたらニャ〜。とたわけたことを思いながら、かっこいい甲状腺の先生とお話しして帰り、フラへ行く。のんちゃんとまみちゃんに手取り足取り面倒見てもらって、なんとかこなし、りかちゃんの誕生会へ。おいしいものを食べながらみんなでおしゃべりして、これがなくっちゃ夏が終わらないね、と思った。

自分がこんなにまで、骨の髄までフラガール（フラおばさんか）になっているなんて、ほんとうにすごいと思う。

8月20日

母のお見舞い。甘いものが大嫌いな母が、プリンを食べてくれて、嬉しく思った。さかいも来てくれたので、しばし時間が戻ったよう。母はさかいのことはよく覚えていて、さかいを見たらいきなりしっかりした。幼なじみは強い！

そのあとたかさまに踏まれたい会。みんなへろへろだし、お父さんもよれよれで、人生っていったいなんだろう？　って本気で考えた。

最後には老いが来て、できたことがひとつずつできなくなっていく。だれもがそうなる。そのことについて。できたことだけでその人を好きだっていうわけじゃないから、人はつながっていられるのか。

とにかく、なにごとも単純にすぱっと考えた方がいいなって思うようにどんどんなっていく。

8月21日

森先生の講義を真剣に聞く土曜日。あまりにも説明がうまいのと、語尾まではっきりと発声してくれるので、全くわからないジャンルなのに、入り込んで聞いてしまった。

でも、踊りでも小説でも工作でも同じだが、人に説明したり、発表しているときの一瞬に対して、その裏で使っている時間の長さは果てしなく多い。一瞬にかけるために、ふだんがまんしている、と思う人は気の毒だと思う。その一瞬なんておまけで、ふだんが楽しいと思っている人は、幸せだ。

帰りは山手線で恵比寿に出て、横丁で軽くごはん。同じ感じでも昭和とは衛生状態が違う！　ので安心＆こんなところ近所にあったらおしまいだ！　と思う。そう、昭和は今や美化されているが、とにかく汚く、くさかったのだ……。

8月22日

あまりにもショックなことがあると、人間切れ味がいいというか、あきらめが早いというか、今度こういうことがあったら、離脱しよう、と思っていた人間関係をとにかくむしりとるように離脱。ダッシュで逃げ出す。

だって人間には今しかないんだもの、今は過去ではないし、未来でもない。今は今。

未来にどうなるからこうするとかじゃなくて、今。

このさじかげんがむつかしいから、悟り関係はたいへんなんだと思う。

おりよく、せはたさんとホメオパシーのセッション。だんだん終盤に向かっている感があり、淋《さび》しいくらい。そのあいだチビと陽子さんはものすごい熱意で短編映画の撮影を試みていた。

チビが「せはたさんもそこにたおれて！　きゅうな感じで。チビちゃんが『はい』って言ってから！」と監督づらをし、せはたさんがきゃあ～とホテルの床に倒れてるところを見て「この人好き♡」と思った。

8月23日

泣き明かし、へにょへにょで鍼《はり》に行く。しかし、なぜか腰の変な痛さが取れていて、ああ、このことが密《ひそ》かに体に来ていたんだな、と納得。鍼でいっそういい感じ。キープするぞ～。

一月に、フラのクラスのとき、夢を叶《かな》えるパートナーとしてマヘアラニ先生とセットになり、先方は「タヒチアンのミニホイケを実現させたい」こちらは「腰を治したい」と約束しあい、どちらも叶える、というのをやったんだけれど、このあいだＭＭ

祭がぶじに終わったから、私の腰にもハワイの力が働いてくれたのかもしれない。

8月24日

母の病院にお見舞いにちょっと寄り、ごはん食べるのだけ手伝って、帰宅。

前回の骨折はやせほそっていたので痛みがひどく、回復も遅かったけれど、今回は少し肉がついてるから元気。やっぱ人間食べなくちゃ(正当化)!

泣いていたら、天使のようにタッキーが助けに来てくれたので、少し回復した。

全部が悪い夢だったような、そしてよい夢がはじまったような、新生活のスタートを感じた。

8月25日

毎日新聞の打ち合わせ。みんなでガリガリくんを食べながら、当たりまで出しながら、内容は真剣。

みんなでもしもしイベントの旗塗り。

ワークショップみたいでとても楽しかった。というのも、ヤマニシくんと舞ちゃんという二大絵のプロがいたので、そして子どももいたので、とってもいい雰囲気だった。

まみちゃんちの赤ちゃんも来て、久々の赤ちゃん欲も満たされる。かわいい〜。男らしく無口なご長男もいっしょで、静かに赤ちゃんを世話していて、きゅんとなった。あまりしゃべらなくても、君がいい子だってよくわかるよ、と思って。

8月26日

栃木県立美術館へ。

奈良くんの焼き物など見に。小さいのもいいけれど、顔がふたつついている壺《つぼ》的作品は毎回すばらしいと思う。なんていうか、そこで完結した宇宙。作者も入れてもらえないくらい。

展示はいちおうしっかりとやってはあるけれど、愛情とか工夫がなんとなく感じられない。情熱がある場所のありがたみを思わずにはいられなかった。

夜は、異様にてきぱきしていて、切り捨てるところは切り捨てているお宿にヒロチンのパパもいっしょに一泊。この方法があったか！　と思うくらい、きっぱり。お湯は最高にすばらしいにごり湯だし、清潔だけれど、どうでもいいことはきっぱり線をひいてやらないようにしている。ある意味いさぎよく、居心地がよかった。

8月27日

灼熱《しゃくねつ》地獄の那須ハイランドパークへ。じーじはすごいと思った。私もねをあげたのに。

川下りみたいなのをしてたら、ボートが相席になった目の前のおじょうさんがびしょびしょになり、ヴィトンのバッグにもばっしゃ～んと水がかかり、「もう、二度とこねえから、もう、二度と」と何回もつぶやきながら彼氏に対して怒りだした、その一部始終がもうおかしくておかしくてしかたなく、ヒロチンコさんとともに、目を合わせないようにして、必死で笑いをこらえた。

じーじの家についてから熱中症になりかけてじっと床で寝ていたら、じーじがそっと毛布をかけてくれて、ジュースまで作ってくれて、すごい幸せを味わった。親のいる幸せ……。いや、いるけど。動ける親が世話をやいてくれる、ありがたみがよみがえってきた。

ヒロチンコさんの果てしない優しさはじーじゆずりなんだな、としみじみ思うような、もっと深い優しさを、じーじは持っている。

汗でどろどろの服、そのあとさらに鶏を鉄板で焼く店に行って、いぶされまくり、全身がぐちゃぐちゃで帰宅してシャワーをあびたら、山から降りてきたような爽快感《そうかいかん》が！

8月28日

ぐずるチビをひっぱって、ヤマニシくんといっちゃんと上原でおそばを食べ、JURIさんの展覧会をのぞく。足しすぎず、引きすぎない。すばらしかった。人柄が出るね。

そのあと静か〜なハリッツでさんざん店中をうるさくしてから、帰宅。

夜はいっちゃんとのんちゃんとじゅんちゃんとsunagaに行き、おいしくあぶらっこいものをいっぱいいただく。とても手がこんでいて、かつ油物の扱いがとても上手。もたれなかったけど、顔がつるつるになって、いっちゃんに至っては鼻血を出してた。

8月29日

とっても、考えたら止まらないくらい淋しい日だったので、朝から気合いを入れようと仮面ライダーWの最終回を観《み》る（?）。フィリップ君のママがクムみたいなので、チビまで「クムにそっくり」と言っていた。しょげた気持ちだったから、クムにすごく会いたくなった。クムがすぐそばにいるみたいな、そんな感じがした。そうしたらまみちゃんから「今からライブで踊るよ〜」とメールが来たので、すっとんでいく。

表参道ヒルズで、クムは輝いていた。すぐに気づいて笑顔で手を振ってくれた。

ダンサーたちも超美人だった。

終わってからクムは声をかけてくださり、久しぶりにお話することができた。なにかが通じたんだ、と自分の幸先《さいさき》のよさを知り、半泣き。でもチビは上から目線で「サンディーは、仮面ライダーに出ればいい」とか言っていた。ママまっ青。

帰宅して今度は下北を守る催しへ。もりばやしさんたちもかなりよく、ストラマーズからふたりだけやってきたTWO STRUMMERSも最高にかっこよかった。なんであんなにかっこいいんだろうなあ。うまいし！　丹羽さんの朗読もすてき〜。志の輔さんも面白い〜、と言っている間に、帰らなくちゃいけない時間が来たので、会場を出る。

さよなら夏休み。

この夏食べた「ガリガリくん」と「ガツン、とみかん」の量を、こわくて考えたくない……。

8月30日

信じられない、また朝からお弁当づくりの日々がはじまるなんて！

夏休みや〜い、もどってこ〜い。

って、これじゃあ素人《しろうと》のブログだ、しっかりしなくちゃ。

プアマナまみちゃんのロミロミを受けに行く。まみちゃんって、きっと「美人の人生、ふつうじゃないことがいっぱい」をしっかり歩んできた人なんだけれど、独特の勘のようなものがあって、ひとりで判断できるし、ひとりでいつでも適切に動く。ロミロミもそういう感じだったので、さすがと思った。とてもきれいな気のよい部屋で、マナカードもばっちりと当たっていて、夏の疲れがすっととれていった。

8月31日

病院に行き、帰りにタッキーとごはん。

毎日のようにシッターとして家の中にいた人なので、最近になってしょっちゅう会うのが、あたりまえのような感じがする。リベンジでいっしょにハワイに行こうとしているので、その相談などする。なんかもう、急なことはいやだ。中年なので、のんびりしたい。それでいいのだっていうのがわかったのは、ホメオパシーの力だと心から思う。結局は己を知るよりほか、道はない。

9月1日

「ロスト・シンボル」の読みすぎで、ワシントンに行きたい。でも、行ってもあんなすごいところにはきっと入れてもらえないから、せめてローマでパンテオンに行こう（違う気が）！

この人の小説は、文章が粗いのがすごく気になるけど、テーマがいつでもやっぱり面白いと思う。そしてやはり思う。「ミレニアム」の文章は、このジャンルなのに、これに比べてうますぎだ。

英会話、発音も文法もしっかり勉強、知らないことの多さにびっくり。いい先生たちだなと思いながら、静かな午後を過ごす。はじめに来たときは先生のおじょうさんまだ十八歳だったなあ。時は流れ、みんな老《ふ》けていくけど、その感じは嫌いじゃない。若くてぴちぴちのものばかり見ていた頃は雑だったなと思う。

9月2日

打ち合わせでミルちゃんや、かわいいおじょうさんたちや、編集長に会う。短い時間だけれど、ミルちゃんの変わらないキレ、独自のテンポ、優しい心にほっとする。仕事をばりばりしてなにか残すことが功績なのではなく、こうして、みんなの心にはっとする瞬間を残していくことこそが、人生なのだと感じ入った。

龍先生のiPadの「歌うクジラ」すばらしかった。媒体は関係なく、内容が。ミルちゃんも私もそうだと思うけれど、たったひとりで、となりにいる大好きな人や家族も関係なくなにかを判断しなくちゃいけない瞬間を経験するって、身が切れるくらいおそろしいけれど、いちばん大切なことだと思う。

9月3日

学校帰りにお見舞いに行く。

病院にいるときのお母さんはほんとうによく食べるので、生きてる！　とほっとする。

久しぶりにてる丼でてんぷらを食べる。おじさんの腕は全然落ちていない。私にとってはどのてんぷらやさんよりもしっくりくるてんぷらだ。衣と具のバランスとか、ごはんの炊《た》き加減とか、すばらしい！　おじさんとおばさんが長生きしますように

（てんぷらを食べたいからではない）。

お父さんは調子があまりよくなさそうで、家族はみんなとても悲しい。たまに父を思って姉も私も泣いたりするけど、代わってあげられない。結局年をとるということは、自分がどういうことを考えて生きてきたかということと、たったひとりで、向き合うということなんだな。

9月4日

ひたすらに仕事をするも、祭りに寄ったらあまりにも暑くて熱中症になりかけたのか、ばったりと倒れて三十分ほど寝てしまった。

塀内夏子先生の新刊が送られてきたので読む。この人は、他のことをけずってでもなにかに集中しているスポーツの人たちを描かせたら天下一品で、こういうタイプの漫画家さんはこの世に絶対残っていてほしい、という人だ。あと、「ポテン生活」の木下さんもぜひ……！　今回コメントをしてご著書をいただいたから、今回もサインがある可能性はそうとう大なのに、またもなかなかサインが見つけられないくらい地味だった！

9月5日

チビと仮面ライダーの映画を観に行ったら、杉本彩が思いきりエロく出ていて、フィリップ君以上に翻弄《ほんろう》されてしまった。予想外のものが出てくるっていい驚き。

全然関係ないけど、最近、細長くて背が高くて白くて髪の毛を後ろでゆわいていておしゃれでわりと美人で、しかし無表情で、そして意地が悪いのがベーシックな状態になっている店員さんというのをよく見かける。昔はいなかったタイプだ。栄養が足りないのかも。このあいだもそのタイプの人に出会い、しまった、あのタイプだと思いながらちょっと複雑なラッピングを頼んだらやっぱりお会計のときやってなくて、さっきお願いしたのですが、と言ったらやっぱり「あ、そうなんですか……」とうつろに言われた。

おばさんくさいが、店の人は客にあ、そうなんですか、と一生言っちゃいけませんってだれにも教わらなかったんだろうなあ。かわいそうになあ。

俺が男だったら、こういうタイプよりも気だてのいいブスのほうがやっぱりいい。つきあったら人生全体が冷え性になりそうだ。

9月7日

打ち合わせ。面白いくらいに思っていることがわかり、形式の美というか冷静と情熱の間というかなんというか、つまり不況で苦しい？

こんなときにこそ、人格が出るなあ、今いろんな人を見てから、その先の身のふりかたを決めよう、と思いながらも、自分も事務所の残高がゼロになるたびにひやっとしてちょっと胃が痛くなったり、いちいち事務所を縮小したりしているので、男の人はたいへんだなあ、とのんびりと思う。

9月8日

湘南へ。台風だけれど、なんだか楽しかった。異様な景色をいっぱい見て、じめじめしたなかにみんなで閉じ込められて、あがった頃に、大野家と合流して、みんなで楽しくごはんを食べた。ヤマニシくんにもっと晴れた海を見てほしかったので、秋にリベンジだ！

それにしても、晴れた日だけでなく、ものすごい雨の音が水面にあたる様子とか、グレーに泡立つ海とかも、海の世界の重要なポイントなのだと今では思う。

9月10日

私の本の翻訳をして下さっている金先生がおじょうさんといっしょに来日されているので、いっしょにお茶。

おじょうさん、かしこい&かわいい、女の子うらやましい。でも今ものすごくがんばって赤ちゃんを産んでもし男だったらぎょえ〜！　だよね、とヨッシーにしみじみぐちる。まあ、どんな子でも問答無用でかわいいけど。

金先生って、心から「先生」と呼びたくなる人なのだが、それがどこから来るのかまだわからない。私生活に乱れがなさそうだからなのか、ふところが深いからなのか。かげで人の悪口を言っていなさそうだからなのか。とにかく見るからに全身がすばらしい人なのだ。

夜はたかさまに日頃のお礼におすしをごちそうするという名目で自分たちも楽しみに行く……すし匠、ますます冴《さ》えてもはや円熟。予約の制限時間ちょうどにおいしいものを出し尽くして、決してこちらをあせらせない感じも天才。一年に一回くらいしか行かない（行けない　笑）ので、修行している人のお顔がどんどんきりりと変わっていくのもわかり、感動。

9月11日

久々にゆいこに会い、お茶をしたり、お菓子を食べたりする。

この夏の暑さは異様だね、という話をした。

そして最近よく見かける人たち第二弾として、ほんとうはほとんどなんにもできないのに、万能なもうひとりの自分を虚像として作り上げ、そっちに魂をどんどんあげてしまって本体はどんどん自信をなくしていく人たちについて、語り合った。

人間は弱いからだれにでもこういう気があるけど、ほんとうになにかができるときって、もう地べたからというか、あ、これができた、よかった、これだけでもできた、よし、っていうふうに自信がついていく。病気をして寝込んだことがある人にはよくわかるはず。あれが、自信。床のぞうきんがけに実に似ているもの。

なにもないのになにかあるふうに生きていると、いつも夏休みの宿題やってない人みたいな気分で、つらいだろうな……、自分は地べた派でいこうとしみじみ思う。そのほうが楽だし。

9月12日

「もしもし下北沢」のイベントで、フリマに出る。

まみちゃんがずっと存在として支えてくれたので、不安はなかったけど、赤ちゃんを産む最中で、たいへんだったと思う。今日も一日中、赤ちゃんがそばにいてほわんとしていたけど、ママは肉体的にまだまだ大変な時期なのに。ありがたい。今はお仕事を少し離れられている麻子さんも今日はばりばりとやってきて、てきぱきと働き、ほんとうに強く美しいお助けウーマンたちだった。

タッキー、勝俣《かつまた》くん、鈴やん夫妻、さなえちゃん、ヨッシーに手伝ってもらいながら、とぎれずに来るいろんな人、懐《なつ》かしい人、ファンの人などなどとしゃべり、舞ちゃんといっしょにサインをしまくり、自分たちのオタクぐあいを確認しあい、あっというまに六時間が過ぎた。みんな人生のいろんな場面で小説を読んでくれていて、ありがたく思った。雅子さんやたかちゃんをむりやりさそって打ち上げに行き、へにょへにょと飲んで解散。夏も終わりだねえと舞ちゃんとガリガリくんを食べながら帰る。

十二月もがんばるぞ。

9月13日

今日も今日とて、記者会見。

毎日新聞の人は、だれひとりとしてキャラがたっていない人はいない。いったいなんだろう？　あんな楽しい会社そしておじさんたちがいるだけで日本は安泰という感じがしますよ。

まだまだ先行きはわからない電子書籍の世界、とりあえずひとつひとつ見極めていくしかない。いろんなトラブルや別れもあるだろうし、出会いもあるだろう。

打ち上げで写真を見たら、どう考えても iPad のコマーシャルだった、自分。たかちゃんがしっかりメイクしてくれて、ついていてくれたので今日も安心。ヘアメイクさんってほんとうにすばらしいお仕事。縁の下の力持ち。あれほどの美人さんなのに、目立つことをしようとしないところがまたモテポイント。

たかちゃん&私「やっぱり日本の男はストレートヘアと前髪ないのが好きだよね〜」

毎日新聞重里さん（腹の底からの声で）「そこを超えてくるのがほんものの男じゃないんですか⁉」

たかちゃん&私（心の中の声）「すてき……」

重里さん（腹の底からの声で）「でも女性は髪型でがらっとかわりますからね！」

たかちゃん&私（心の中の声）「どっちやねん！」

千里が週に二日だけ一里になっていて、息子さんがてきぱき働いていた。味は変わらずおいしくて、ほっとした。みんなで楽しいお酒を飲んだ。楽しかった「もしもし下北沢」のお仕事よ、もう少しでお別れ、淋《さび》しい。

9月14日

信じられないスケジューリング、今日は石垣島へ。

チビ「陽子ちゃん、久しぶりに会ったから、はだかを見せてよ」

これ、世界中の男性がいつでも使いたい手というか本音だろうな……！

いきなり空港でおじぃに出迎えられ、びっくりしすぎてぽかんとした。だって会えると思ってなかったもん！

その十五分後に愛理《あいり》さんが飛行機を降りてきた。お目にかかるのははじめて。みんな、会ったことない人たちよ、愛理さんのこと、陽気な下町のきもったま母さんみたいなタイプだと思ってるでしょ、私もそうかなと思っていたら、違った。ものすごい静かな迫力の美人、女優みたい。

ご主人が迎えに来られたので握手して「この手がラー油を混ぜているのか……」とミーハーに思いながらもいったん解散して、辺銀《ぺんぎん》家のチビを連れて海へ。遠浅だし魚はいるし、うちのチビもはじめてのシュノーケリングに目覚め、夢のよう。これもおじぃが来てくれて、辺銀さんたちが車やシューズを貸してくれたおかげ。

　夜はもちろん憧《あこが》れの辺銀食堂で、最高においしいごはんをいただく。野菜が多くて、いちばん好きな感じのメニューだった。まなみともねちゃんもやってきて、ほんとうに夢を見ているみたいな夜だった。

9月15日

　チビがどうしてもと言うので、今日も朝から海。さんざん魚を見て、いろいろ遊んで、あがったときにハブクラゲがひょっこり出てきて、みんなで眺めながら、そのでっかさに冷や汗。

　海って、実は入っていい時間とゾーンが限られているとってもむつかしいものだと思う。その見極めも毎日違っていて、海辺に住むだけでもすごく勘が磨かれる。そしてそれでも事故はおきるのだ。

　さすがのおじぃが酢をもってきていたけど、もし刺されていたらいずれにしても病院行きであった。

　お昼をとってもおいしいカリブカフェでがっと食べて、学童に乱入して辺銀家のチビにあいさつをする。手をつないでくれて、いっしょに遊んでくれて、私のことねーねーって呼んでくれてありがとうよ。たいへんな家の子だけど愛されてるよ、大きくなれよ！

おじぃとはいろんな思い出があるけど、いつでも思い出すのは、おじぃの車に乗って景色を見ているときの気持ち。そう、いつでも次はいつ会えるかな、元気でいてほしいなっていう気持ちだ。

空港にまなみちゃんともねちゃんが来てくれて、涙の別れ。もねちゃんが大きくなっていて、まなみと姉妹みたいにふたりできゃっきゃ言い合っていて、感無量だった。ほとんど同じ時期にいっしょに産んだね！　ちゃんと育ててきたね、という気持ち。

夜はカラカラとちぶぐゎーに行って、かよちゃんとしみじみ飲む。テーマは「下町の人は口が悪い」いつもとなりにいた正一くんがいなくって、かよちゃんはくっきりとして見えた。次の人生に幸せに歩んでいってほしい。陽子さんふたりもまじえて、ちょっとだけ女子会の時間も過ごせた。

9月16日

最後の最後まですーるでそばを食べて、飛行機に乗る。

夏を追いかけてきたけど、もうさよなら。切ないのう……。

陽子さんとも楽しい時間を過ごせたし、思いがけないことがいっぱい起きたので、すばらしい旅になった。海で崖《がけ》をのぼりおりしたり転んだりしたので、あちこち切ったし太ももも痛いが、勲章さ！　という感じで、旅の思い出をいっぱい持って家に帰る。今回の意外な収穫はもちろん辺銀食堂に行けたこと、そして、長嶺さんちの陽子さんにトイレの神様の話をじっくり聞けたことであった。みんなの異様なトイレの小人話も聞けて、いい取材になったげな。っていうか、全員がトイレで小人を見ないで！　って感じも。

9月17日

クラシカルホメオパシー（今話題になっているのと違い、西洋医学の治療を拒まない。各人にたったひとつのレメディーを見つけて処方するやりかた）について、せはたさんにインタビュー。

彼女はたいへん聡明《そうめい》な人で、その仕事ぶりは愛にあふれながらも情にひきずられない女医さんのよう。その成り立ちに少しでもせまれればと思ったけれど、これまでの下地があったので、かなりはじめのほうで核心に近いことばが得られた。

人間とはなにか、健康とはなにか、じょじょに解明されていく……面白くてしかたない。幻冬舎から本になる予定だが、まだまだつめていかなくては。

9月18日

久しぶりのロフト（でも場所が変わってた）で、ストラマーズのライブ。

スタークラブまで見ちゃって、老舗《しにせ》の貫禄《かんろく》次々と。

目が覚めるほど感動した。お金を中心としない価値観でなおかつ人として生き方と言ってることが矛盾してないということのすごさを思い知ったからだ。岩田さんのオーラは真っ白……光り輝いている。それは道で会っても全然変わらない。舞台に立ってるときだけじゃない。すっきりしてる。どれだけつらくしんどいことの果てにあの透明を手に入れたのか。

こんな大人なかなかいないよ〜。

感動ではしゃぎながら、舞ちゃんと青葉で台湾料理をつまんで夜中に帰った。

9月20日

母のお見舞いに行き、おそばをしみじみと食べる。お祭りに間に合わずチビしょんぼり。根津神社のお祭りのこと考えただけでおえっとなるほど懐かしい。行かないほうが無難かもというくらい、同じ風景なのだ。

実家でたかさまに踏まれ、なんだかんだ言ってお父さんは笑顔だったし、なんだかいいのかもなあと思う。

母は若い頃きついところがあり、いつもいらいらしたり怒っていたけれど、今はもともとの優しい性格が出てきている。ここをもっと見てあげればよかったなあ、と若い日の自分に思う。私もサバイブしてきたが、母の内面を見てあげる余裕はなかったなあ。ぎりぎり間に合ってよかった。

9月22日

ヤマニシくんもいっしょに打ち合わせ。ヤマニシくんってほんとうに立派だと思う。自分があって。ちゃらちゃらしている私は尊敬するばかり。いっしょにいい作品ができそう！

ここぺりで旅の前の最後のほぐしをしてもらい、忙しすぎる日々ながら、踏まれたりもまれたりの毎日のおかげさまで、なんとか生き返っては、帰宅している。

ヤマニシくんもまじえ、みんなで簡素なごはんを食べる。ただそれだけで幸せ。これはきっと盛田さんの「二人静《ふたりしずか》」を読んだ影響だろう。突飛なことなんてなにもほしくない。目の前の人の美しい形を見よう、私の小説は寓話《ぐうわ》だが、現実の私はいつもそうやって生きてきたから、介護の現場含め全《すべ》てがしみすぎてみんな生きてる人に思えた。

作家はどんな作家もみんな本気で心をこめていい作品を毎日毎日書いてるんだ。こんなきつい仕事はないけど、ほぼ全員に対して（ホリエモンはなんとなく除きたい笑）「同じように机に向かって腰を痛くしたり目を痛くして書いてるんだ」と仲間意識を感じるとき、いつも誇らしい。

9月23日

大雨の中、藤谷くんにCDをいただいたので、お礼にカレーをおごる。

藤谷くんって、なんでどうしていつもあんなにかっこいいんだろう……山から降りてきた偉くそしてすばらしい仙人って感じ。彼の書いてるものもひとつのこらず見逃せない。

フラに行ったら、クムがいらしていてびっくりする。でもいちばんびっくりしたのは、緊張しないで踊れる自分に。クムに直接習っていた、懐かしいよちよち歩きだったころの自分がちゃんと体でクムの空気を知ってるのだ。

小説なら私は才能があるって知ってる。それを生かしてごはんを食べてる。いろんな人にうらやましがられながら、妬《ねた》まれながら。フラには才能がないので、努力してもしてものびない人の気持ちもよくわかる。かといってトップダンサーを妬んだりすることは決してない。すばらしい人を引き立てるだけの存在が自分か、とも思わない。才能がないからこそ自分のすべきことが見える。私があのハラウでできることは、裏方に徹し、いっしょに踊りながらある平和な空気を保つこと。クリ先生が安心して笑顔になれる空間を作り、彼女を支えていくこと。間接的にそれでクムも支えることができること。

なんか、今の世の中って「作家でトップをねらうなら、フラでものぼりつめろ」みたいな変な価値観がまんえんしてない？　そんなのむりむり、人間としてへんになっちゃう。力を抜きたい。

のんちゃんとじゅんちゃんとごはんを食べて帰る。大勢で夜道を歩いて笑い合いながら帰ったあの楽しいころはもう二度と戻らないが、小さく笑い合い、静かな時を過ごしている今も好き。

9月24日

ウィリアムと羊を食べる。

歩けないほどの痛い体で、松葉杖《まつばづえ》をついて飛行機に乗ってきて、日本でいい仕事をしている。

信じられない。彼のことを思うと、ただ生きていこうと思う、生きられるかぎり。

アイスランドの羊がおいしいと言って笑顔になってくれてよかった。ヨッシー（男）もこの羊ならいくらでも食べられる！　とはしゃいでいて、よかった。恵比寿の海月《くらげ》最高です〜！

9月25日

そもそも今回ミコノスに戻ったのは、ウィリアムの強烈なプッシュによるものであった。ミコノスが呼んでるから行きなさいとまで。なので家族だけで小さく行こうと思ったら、舞ちゃんと、なぜか六月に飛行機が飛ばずに行けなくなったたくじとジョルジョもやってきた。舞ちゃんといっしょにミコノス、すごく嬉《うれ》しかった。舞ちゃんのパパとママが新婚旅行をした場所だし。

プールで軽く泳いで、夜の町を散歩する感じに、飽きることはない。ただいまと思った。

9月26日

どんどん暑くなってきたので、ビーチに行く。寒くて行けないかなあと思っていたので、すごく嬉しい。チビもはじめて泳ぐ。

おととし来たときは、きびなごみたいなのだけが泳いでいたが、今回は大小とりまぜたあじみたいなのだけが千匹くらい泳いでいた。

夕陽を見て、晩ご飯を食べる暮らし、基本だなあと思う。

舞ちゃんがご両親の当時のTシャツを着て、同じ場所で撮影をした。なんてすてきなことだろう。

9月28日

ジョルジョが風邪に倒れたので、たくじだけ連れて半ぶんくらいだけヌーディストなビーチに行く。いろんなはだかを見すぎて、銭湯にいるようであった。しかも男湯。

舞ちゃんは早速道をおぼえていて、えらいなあと思う。優秀な人はなにをしても優秀だ！

空の雲はやっぱり秋の感じだし、夜になると長袖《ながそで》を着たくなるけれど、まだちょっとだけ夏の匂《にお》いが残っている。ジョルジョ最後の夜なので、引き出しの店に行き、魚を選んでみんなで分けて食べる。外の炭火焼コーナーでジュウジュウ焼いてくれるので感激する。

9月29日

夜明けに去っていくジョルジョをたまたま見送る。真っ暗な空が次第に青くなっていくのをはじめて見た。朝、鳥がうるさいくらい鳴きはじめる、夕方も鳥が木に帰ってきてまた大騒ぎして鳴く。その感じが毎日を作ってるんだなあとあらためて気づく。

めずらしく港の観光っぽいお店でごはんを食べて、ここってこんなにも観光地だったんだなとはっとする。大勢できて、名物料理を食べて、どどどと去っていく人たち。自分がいかにここでのんびりできているかわかる。

ここで読む雀鬼《じゃんき》の本はしみてきすぎる。のんびり、力を抜いて、でも集中して。目の輝きを忘れずに。

9月30日

たくじが倒れているので、三人で近くのビーチに行っておいしいものを食べるも、チビがウニを踏んだので、いつものエリアビーチへ走る。最後の夕暮れを寒いながらも満喫。ついに秋に追いつかれたか……。

ウニを踏んで、それでも泳ぎたくて泳いで、泳ぎ疲れて寝てしまうチビ。

やっとカメラのセルフタイマーを覚えて、パパとふたりの写真を撮りまくるチビ。

飛行機の席がバラバラになって、ひとりで乗って、となりの席の人と仲良くなっていたチビ。

全身で人生勉強している。いいぞ！

10,1－12,31

10月1日

ミラノでとしちゃんと合流して、久々の文化的ごはん&濃いめのワインをがんがん飲む。ギリシャでは素材が命！　的な毎日だったので、こってりした料理の喜びを久々に感じた。これはこれで文化的遺産だ。人類の喜びって深い。

それにしてもミラノは寒く、長袖《ながそで》どころかセーターのレベルであった。そりゃそうだよね。秋の木立や澄んだ冷たい空気がきれいすぎて、にこにこしたくなる。

10月2日

フットマッサージを受けていたら寝てしまい、遅れてルフトハンザの人たちにものすごく怒られる。英語ドイツ語日本語とりまぜて、がんがんに。チビが「まあみんなおちついて」と言っていて笑いたかったけど笑えなくて、ゲートでこんなに怒ってるなら機内はどんなに怒ってると思ったら、全然大丈夫よと笑顔で迎えてくれて、力が抜けた。謎《なぞ》のドイツ人たち。そしてミュンヘンから帰国する日本人たちに共通するあるトーン。イタリアやハワイにいる人たちとはなんか違う、服の色がグレーや茶色で勉強がすごくできそうな！

ルフトハンザのメシはうますぎて危険だ。飛行機の中だけで一キロ太った。

「エアベンダー」を泣きながら二回も見てしまい、シャマランへの愛がますます深まった。なんであんないい人たちを描けるんだろう、次作は私ももっとがんばろう。

10月4日

いろいろな書店に行って、むりにサインをする。自分が書店でバイトしていたので、書店の事務室に行くのが大好き。懐《なつ》かしい……。

　今でもたまに清水書店のおばあちゃんが夢に出てくる。火事でなくなってしまったけれど、大好きなお店で、ほんとうに楽しかった。こうしなさいよ、と言われたことはあるけど、怒られたことは一回もなかったし、考えられないくらいいい人たちだったし、古典はたいていこの時期に文庫で読んだし、あんなすばらしいバイトはなかったな。

10月5日

雀鬼《じゃんき》桜井章一会長（私の心の中の全《すべ》ての会の会長だから）と対談。

体調の悪い中、わざわざいらしていただき、しみじみありがたかった。

桜井会長がおられるだけで、その場がピュアになるのがすごい。雀鬼会のジーコさんと今川さんもすっと立っているだけで真っ白い。それは心に余計なものがない証拠。ほんとうはいろいろあるのに隠していてもすぐわかるけど、まだ若いのにあの人たちは心からすっとしていて、大好きなストラマーズに通じるものがあった。そして会長がいるだけで、男の人たちはみなちょっとオスになり、女子たちはみんなちょっとかわいくなり、子どもは素直になる。これがきっと人間の本質なんだ。自然とか大きなものの前ではみんな本質をさらけだしてしまうんだ。

必要以上にニコニコせず、しかし果てしなく優しく、深く明るく軽く……あんな人、見たことがない。これまでいろいろな人に会ってきたが、こんな人はいなかった。ヒマラヤの山頂にしかいないと思っていた。いるだけでなにかを変えてしまうほどの力。深いところでゆさぶられた。それにマグロをさっとめしあがったときのあのすばやさといったら、忍者かと思った。それと日本酒ひとくちで桜井先生の晩ご飯はおしまい。そこもすごい……野生の生物みたい。

なんとなく全体のフォーマットがヤクザであることなんて全く関係ない。そんな表面的なことではなくって、真にスピリチュアルでしかも人間であることってああいうことだし、人間ってあんなに深くなれるんだ……と思った。あの澄んだ静けさ、まるで湖みたい。
かっこよくスーツを着こなした雀鬼とジーコさんと手をつないで歩いて行くチビを見ながら、下北沢を歩いたこと、一生の宝物だ。
雀鬼「このお店は昔デートできました、けっこうデートをしたんですよ」
毎日の柳さん「それはそうでしょうね……デートって映画とか行かれるんですか?」
雀鬼「映画はおまけ」
柳さん「おまけですか」
雀鬼「映画とか、ごはんとかは、デートのおまけ」
しびれる〜!!!!!

10月6日
まだしびれていて、ヨッシーも私も仕事にならない……。
しかしがんばって英会話に出かける。ものすごい時差ぼけで英語が全然出てこないけど、ものすごい量の勉強をして、充実。マギさんとお祈りについて語り合っていたとき妙になめらかな会話だわと思ったら、日本語だった! 夢中すぎていつのまに日本語に！　まさか私ずっと日本語なんじゃ……。

夜は打ち合わせで、こうへいさん、まつのさん、さいとうさんと、いとこのたづちゃんと、ヤマニシくんと、うちの家族で焼き肉を焼きまくりながら、ためになる話をいっぱい聞く。たづちゃんが一級船舶の免許をとったので、主に海と船について。まつのさんのお父さんが漁師さんで面白おそろしい海のエピソードもたくさん聞いた。犬がフグをなめたら泡をふいて死にかけて、お父さんはあわてて病院に電話して遠くまで車を飛ばしてもうだめだと思っていたら、二時間で解毒《げどく》されてけろりと治った話とか……す、すごい。

10月7日

原さんライブ、気合い充分、声が出ていて歌がすごい。演奏もすばらしい。なので、楽曲の良さがしっかりと伝わってくる。

久しぶりに会うてるちゃんや陽子ちゃんやハルタさんや渡辺くんもいて、いい音楽の中、人生ぜんぶが長い夢みたい。

でもチビは原さんに「少し首をふりすぎじゃない？　体に悪いと思う」などと言っていて、原さんはがっくりきていた……。

10月8日

母の持っているマンションを売るために、はっちゃんに運転してもらい、伊東へ。

母が生きてるうちに動いたほうが悲しくないね、っていうすごく切ない気持ち。でもこういうことはちゃんとしなくちゃ、と思う。だんだん光が伊豆にしかないあの感じになってきて、きゅんとする。伊豆の思い出がいっぱいしみこんでいて、いい人生だったな、私（まだ生きられると思いたいけど）！　こんなふうにチビは湘南がしみこんでいくかな。

私はあまりそのマンションに行かなかったのだが、母がきれいに使っていたのできれいだし、だれか買いませんか？　四百万円くらいにまけるで！　というのはさておき、母がいつも使っていたヘアネットとか、きれいに干してあってまたまたきゅんとした。もうひとりで歩いてすたすたお風呂《ふろ》に入ることはないんだなって思って。

懐かしい青木さんに遅刻をぺこぺこあやまりながらも、心から信頼して売買をお願いできたのも幸せだし、せっかくだからと大浴場に入ったりして、はっちゃんと湯上がりにおいなりさんを食べながら夕方の道を帰っていくのは、渋滞しても楽しかった。

帰ってきてからはごはんを食べそびれてなにか買いに行こうとして、戸があいてたので思わず声をかけたりえちゃんと飲みに行ったりして、旅行みたいな楽しい一日。

10月10日

チエさんといっしょにマルコムに会いに行く。マルコムは変わらずどこかのんきで、生活の感じも同じで、そこにすごみを感じさせる。彼の頭の中を見てみたい。ルーチンのようでそうではなく、コンサバのようで違う。そして作品のクオリティはいつでも高い。あんなふうになれるといいと願う。

10月11日

アリシアさんと葉山でゆっくりする。おひとりでふらっといらしたことになにより感動。

なんだか不思議だった。少女時代の憧《あこが》れの人、私のいちばん好きだった絵を描く人と、いっしょに並んで夕陽と暮れていく海とのぼってくる月を見ていたなんて。加藤木さんやゆりちゃんもいて、いっぺんに好きな人ばっかりで、ほんとうに夢の一場面みたい。こういうことってあるんだなあ。

アリシアさんがしゃべることはみんななんとなく美しいピンク色で、しかもあまりにもいろいろな経験をしているから、面白い。そしてやはり絵に似ている。

10月12日

毎日新聞のうちあげ。淋《さび》しい、この人たちに会えないなんて。みんなでトルコ料理を食べていたら、ずっといっしょに働いてきたみたいな気がした。いつも大勢で手間をおしまずにいらして、にぎやかで、笑いがあって、ちょっぴりとんちんかんで、文芸の人たちに比べるとどことなく雑なんだけど思いが真剣で、これまでにいろいろな経験をしてきているから大人で優しくて、常に熱くて、仕事が好きな人たち。

いい日々だった……。

トルコ料理やさんのおかあさんが、会計の分割でちょっと不機嫌になってたんだけれど、最後にチビが「月と星の光で敵を見つけて戦争に勝ったから、トルコの旗はこうなんだよね」って言ったら、笑顔になってキスしてくれた。かわいい瞬間だった。

10月13日

「フィールラブ」の取材。みなさん気合い充分だし、わかってくださっているし、ミルコが監修しているので、頼もしい。ミルちゃんの幻冬時代はいっしょに仕事したことなかったけれど、この人はやっぱりすごい！ と思った。あらゆる意味ですごい、実力というかすごみを感じた。彼女は唯一《ゆいいつ》絶対の人だ。

最後にミルちゃんがうちの事務所に荷物を取りに寄って「もしもし下北沢」の本ではなくゲラを出して「心が動いたところにいっぱい線をひいたんだけれど、そこを見てほしい、そしてすごく悪いんだけど、これは私にとってすごくだいじなものだから、見たら返してほしい」って言われた。こんなことだれにも言われたことない、はじめて。でも、最高に嬉《うれ》しい幸せなはじめてだった。うそでもおべっかでもないってわかったし、作品が私を離れて彼女に属したんだってほんとうに思ったから。

10月14日

フラへ。

今日ってもしかして帰りひとりかなあ、だとしたら淋しいけどまあひとりメシで飲んで帰ろうっと、しかしそんな状況でも行くなんてとにかくフラが好きなんだなあと思いながら行ったけど、パートナーと組んでひたすら集中して楽しく踊る日で淋しがるひまもなく、珍しくちはるさんもいて、のんちゃんもいて、まみちゃんが通りかかり、にぎやかに食べた。

プレゼントみたいな感じで嬉しかった。

いつもなにかでしょげたり、もうフラやめようかと落ち込んだりしてると、小さなプレゼントがあるから、きっとフラの神様はいるんだと思う。

10月15日

腰をいためておやすみしていたので、久々の太極拳《たいきょくけん》。すっかり忘れているわけではなかったのでほっとした。なによりもじゅんじゅん先生の笑顔が嬉しい。道を歩いているだけで静かに気合いが満ちていてかっこいいじゅんじゅん先生。ロルフィングを受けたので失われていた食欲も戻ってきていた。やばし！

九月に頭を強く打ってから、ずっと食欲がなくて頭に膜がかかってるみたいだったので、それがときはなたれて不思議な空腹が襲ってきたとき、それもちょっと嬉しかった。

実家に寄ると母が退院していて、父がとても嬉しそう。

夫婦ってすごい、ということを最近よく思う。もう理屈じゃないんだなっていう気がする。いくら互いを口汚くののしっている時期があっても（笑）、深く支え合っている。

10月17日

桜井会長に先週お電話をいただき「あなたは頭がとてもいいのに、とってもいい人だ」と言われて、嬉しかった……だれになにを言われるよりもほっとした。しかしなんでひとことでみんな言い表しちゃうんだろう。私の墓碑銘にしてもいいくらい、それが私だと思う。

夕方はチビとデートをした。最近チビは「ママと先週デートをしたのって、一生の思い出くらい楽しかった」と毎週のように言ってるので蜜月《みつげつ》かと思いきや、他のみんなに似たようなことを言っているので、とにかくなんでも楽しいんだろう。ええと、これ書いていいのかな、え〜、学校のクラスからなんともいえない軍団が抜けて、今はじめてほんとうにお友達がいるみたいなので、よかったと思う。社会勉強で休みがちだが、なんとかついていっているし。

タムくんとウィーちゃんとおにいさんが遊びに来たので、みんなでイケメンすしに行く。このすしやはすごい。安いのもすごいが、全員がイケメンなのもすごい。そして七かん注文すると確実にいつもひとつ間違えるか忘れる。いつも基本的に七分の一の確率。ゆっくりと頼んでみたり、いろいろやってみたが、いつも同じ。

タムくんたち、ほんとうにいい夫婦。結婚してよかったなあって思う。この人たちがなにかあって別れたりしてたら、もうほんと、まわりの全員がしょげたと思う。

10月19日

「サウスポイント」打ち合わせ。きれいな表紙になりそうで、すごく楽しみ。夜はかつまたくんと雅子さんと下北でタイ料理。いろんな話をしてもみんな淡々としているのでおかしかった。こんなかわいい人たちが読者で幸せ〜と思ったら、となりの席にも「もしもし下北沢」を読んでいらしたかわいい読者さんが！　オレの町って感じだ！　でも厳密には三茶寄りのオレの家！

10月20日

旅の前のここぺり、美奈子さんのはげしいふんばりでなんとか体がぐっとふみとどまる。すごい力技だ！　今日もタイ料理でウィリアムと過ごす。ヨッシー（男）とウィリアムが全然スピリチュアルじゃないエロい裏話をゲハゲハ笑いながらしてても、なんか上品なんだよね……これって、やっぱり心根の問題だと思う。精霊や宇宙や愛の話をしていても下品な人っているもの。

10月21日

機内で「シックス・センス」を久々に観《み》て、子どもがいなかったときとは全然違う気持ちの自分に驚く。なんてことだ！　ちょっとむつかしい内向きの子どもと忙しい母親の感じが痛いほどわかり、号泣しながら二回も観ちゃった。

こんなに映画の印象が違うなんて、びっくりだ。

多少冗長だなと思うところは変わらないんだけど、オザケンの歌みたいなもので、一度ある段階に入り込むとなにもかも許せるばかりかそこが好きになるという感じ。

おかげでめっちゃ寝不足でチェックイン。浜辺で寝て、ちほの家に。大量のしゃぶしゃぶをほとんど夢の中でいただく。今度の家は、いろんな家からTVの音や明かりや音楽がもれていて、あったかい。前の家は牢獄《ろうごく》みたいだったからなあ。

10月22日

取材また取材の一日。足を棒にして、子どもも傷つけず、かけまわる。子どもを傷つけていいなら、取材旅行なんてかんたんなんだけどね。おしゃれな服も見たし、いろんなことができてよかった。夜はちょっと早めのちほの誕生会でステーキ。肉また肉の毎日。ついにピュアシナジーのわかまっちゃん社長から「肉を食べる前には酵素をとって」とメッセージまで届く肉ぶり。

にしても、ビーチウォークのショッピングセンターみたいなのの二階のはじっこのステーキ屋は安くてうまい。毎回感動する。これ日本で食べたら八千円の肉だよな。ハウスワインの合わせもすばらしい。たぶんカリフォルニアの力だと思うけど、ハワイって意外にハウスワインのはずれがない。いちばんはずれるのはなんと日本だ。

10月23日

超早起きして、ファーマーズマーケットへ。めっさ不機嫌な日本人を大量に見る。こわい……。そんなにこわくなるなら、来なきゃいいってくらいこわい。

でもピザもカレーもコーンもおいしいし、はちみつ安いし、野菜おいしそうだし、こんなのがあったら毎週六時起きでもいいなと思う。

そしてハナウマベイへ。きれいだったが遮るものがなにもない。タッキーの鼻の頭がみるみる赤くなっていった。私もやばいくらい黒い。もう病気って言ってもだれも信じてくれない。パラソル持参がいいかもと思う。海の中は魚がいすぎて満員電車なみ。触っちゃだめって言われても、向こうがぐいぐい寄ってくるんだもの。ちほちゃんはさすがプロ、ほれぼれする動きで海亀《うみがめ》を見つけていた。

夜はチャイナタウンにあるビストロに行ったが、激うまだし、感じもいいし、超気にいった。チャイナタウンってこわいから夜行くなって言われていたけど、ひとりじゃなければ大丈夫かも。

10月24日

なぜか大好きなエドワード・ゴーリーの大コレクションをハワイ大で公開していたので、いさんで出かける。ハワイに全然合わないけど、すばらしい！　あまりにもすばらしすぎてあと三回くらい見てもいいと思った。彼の人生と作風がぴったり合ってるところも泣かせる。

あまりにも感動して、頭の中がダークになってしまった。いいなあ……。

ビショップミュージアムに行って、ちほのレクチャーを受けながら、いろいろなものを見る。歴史って、閉じ込められてしまうと急に意味を失う。でも、ハワイの文化を尊重した展示でよかった。私は満月の夜に産まれたのだが、満月の夜はハワイではバナナを植えるっていうのをはじめて知って、なんか感動してしまったわ。

最後の夜、キムチとビールで乾杯。韓国料理の店の人たちはとっても優しく、チビはちほと別れるのが悲しくてしめしめと泣いてるし、切ないなあ。

10月26日

いつのまにかANAがJAL化していて残念に思う。

アリタリアがああなってからつぶれる（破産したり他に買い取られたりのこと）まで三年、JALがああなってから、つぶれるまで五年だった。残念ながら、もう手遅れだろう。

ああなるとは、まずCAの年齢がアップし、いじわるくなり、やたら仲間内でのおしゃべりをするようになり、サービスが飛躍的に悪くなり、客の足をワゴンでひいたり、飲み物をやたらぶちまけたり、ごはんがまだ凍っていたりする状況である。

10月27日

チビが普通に学校に行くので、早起きしてお弁当なんか作っちゃって、その上打ち合わせに二本も出て、インタビューも受けて、大忙し。なんとなくノリで一日をのりきったが、ほんと、日本ってストレスが大きな社会だなあ、と思う。世の中ってきれいなものだけでできてるわけじゃなくって、ゴミとかドブとか、なんとなく見ていて気持ちのよくない風景とか、そういうのがぼや〜んと幅をもって許容されてる感じが町だと思うんだけど、そういうのが中途半端《はんぱ》にごまかされているし、頭だけで作っちゃってる感じだから。ハワイってきれいなだけじゃないから心が広がるんだなとかも思う。

今日もタッキーといっちゃんとちほちゃんとミコとごはんを食べることができそうで、なんか不思議だった。みんながいないの。

10月28日

お昼はりかちゃんにおみやげを渡しがてらおしゃべり。最近会えないから、すごく嬉しかった。りかちゃんって見れば見るほど美人で、どんどんひきつけられていく。りかちゃんに恋したら男の人はつらいだろうなあ、りかちゃんと結婚したら、気が気じゃないだろうなあ、毎日。女でもその気持ちが想像できるくらいの魅力だ。

夜はフラ。体も時差ぼけながら、なんとかついていく。自分がクリ先生よりも黒く、衝撃的だった。クリ先生と並んで踊っていたら、クリ先生が自分の踊りのリズムを全部私に合わせてくれて、自分がうまいとかすごいとかは少しも見せようとせず、全部おしみなく伝えようとしていることがわかり、ちょっと泣きそうになった。あんな偉大な人に教わることができるなんて、幸せだ。

じゅんちゃんと晩ご飯を食べに行き、久々にいっぱいしゃべって幸せ。今日はおしゃべり日和《びより》であった。

10月29日

チビのハロウィンで学校へ。ほとんど徹夜で、駅長さんと悪魔がたわむれているのを見るのは不思議な感じであった……チビのピーターパンはあらゆる意味でしゃれにならないとある意味不評。

あまりにもむくみがあったので飛び込みでリフレに行ったら、担当のお姉さんが私が昔ひどくねんざしていることと、作品をうみだす仕事であることを足を触っただけでずばりと当て、そんじょそこらの占い師よりもすごいと思った。

夜は実家。両親がそろってると平和だ。父が母に対してほとんどおとうさんみたいな接し方をするので泣ける。親戚《しんせき》のるりちゃんも来て、にぎやかに過ごした。父に足をあたためる機械をお誕生日にと買ってあったけど、一ヶ月前にもう渡してしまう。だって寒いんだもん！

10月30日

台風の中をイーヴォさんのお店に走っていく。白トリュフのために……！

なにもかもおいしかったし、なんていうか、魔法。絶妙にナポリの味。塩加減もすごい。

いいお店だなあ、としみじみ思う。日本ではシェフはすぐにシェフ以外のものになってしまうが、イタリアではシェフはシェフの誇りから一歩もでない。その感じが生々しく思い出されて、イタリアが恋しくなる。

あと、戸田さんがすごい。予算を伝えて、ワインも込みなのか違うのかも伝えて、全体白っぽい感じで、とか全《すべ》て赤っぽく、とか海老《えび》を中心に、とかピッツァの日です、とかとにかくイメージを言えばきっと完璧《かんぺき》に料理を組んでくれるだろうという頼もしさ。

おじょうさんたちがいらしていて、チビも久しぶりにいっしょに遊ぶ。そうだよね、子どもはレストランで退屈して、絵を描いたりゲームしたり、しちゃうよね。レストランで退屈してる子どもをチビの他にあんまり見ないから、たいくつそうなおじょうさんがチビと楽しそうに絵を描いてるのを見て、きゅんとなったし、嬉《うれ》しくなった。

幼稚園がいっしょで毎日いっしょにいたから、体の言葉を使っていっしょにいる。その感じも幸せだった。何年も会ってないいとこと、会えばすぐなんとなく一体感がわく、あの感じ。

10月31日

舞ちゃんの個展へ、あまりにも絵が一年間でうまくなっていたのでびっくりする。線の切れ、発想の切れが違う。はじめの六回くらいまでは「すごくいいけど、なるほど、こういう人なんだね」という感じなのだが、だんだん冴《さ》えていく。急に角度がついたり、深まったり。

こんなにもみっちりいっしょに仕事をしたので、なんだか自分の作品のように大切に思える。

「ハロウィンだからしゃぶしゃぶを食べよう」とチビに言われ、「?」と思いながら肉を買う。カボチャも買って、絵を描いた。楽しい。

森博嗣先生の「喜嶋先生の静かな世界」（このタイトルおぼえにくいなあ）を読む。前に短編で読んだけれど、全く違うものになっている。人間が他者に示せる最大のことが素直に正直に書いてあって、自伝的というよりはまさに小説だなあと思った。森先生はものすごく奥深い上に器用なところがあるので、なんとなくこういう気分、というのを延長して描けばなんとかなってしまうところがあり、作者の生の声が全体の三分の一くらいになる場合が多く、だからこそみなひっぱられるんだと思うけれど、そして全体に満ちている知性のきらめきというか、どろどろしていない高みというか、それが音楽のよう。

二ヶ所ほどあまりにわかりすぎて泣けるところがあった。

11月2日

「波」インタビューのあと、舞ちゃんの個展に寄ったら、ご両親がいらした。なぜか関さんも。好きな人たちが全く脈絡のない（あるけど）場所にいるのって、びっくりするけど嬉しい。カツマタくんも働いていた。百合ちゃんに神様カードをひいてもらったりして、幸せ&得した！　今夜は米を食べて日本酒を飲みなさい、と言われるも、メニューはプルコギとレンコンのジョンだ。しかも百合ちゃんがワインをくれた。いったいどうしたらいいのだ！

11月3日

今日も個展にちらりと寄り、そのあと様々な用事を済ませてロルフィングへ。寸止めでぎっくり腰をまぬがれている最近の私だ。早めの対応が大事と思う。

チビが大嫌いなキノコとナスのタイグリーンカレーが晩ご飯だったので、申し訳ないなあと思いながらも、自分でつくっておいてなんだがあまりにもおいしくできて、大満足。チビはそう言いながらも食べて「辛さの下から味が出てきてそれがすごくおいしい」などと言っていた。食通～！

11月4日

記者会見。龍先生がG2010という会社を創《つく》り、そこに作品を出すので、かりだされた。しかし龍先生がその場にいるだけで全てにおいて「龍先生の世界」というようなものが出現し、あまりにもかっこよくて、自分がカンブリア宮殿にいるようだ、と思ったら、ほんとうにカンブリア宮殿のカメラが回っていた。

「読者との相互のコミュニケーションに関しては」という質問が出たら、龍先生が「僕は読者との直接のやりとりが嫌いなので」って言ったのには大受けした。でも、わかる。なれ合いになりたくないっていうのは、私も同じ。はっとしてほしいと思う。それでも書籍は読者に向けて書いているのだ、ということに関しても、意見が同じ。

途中、こうへいくんが真剣に質問に答えているときに、突然龍先生がiPadをたちあげたので、彼に助け舟になる書類でも見せるの？　と思っていたら「見て見て、これうちの犬と猫」と言って多分シェパードと多分ペルシャさんがいっしょにごろごろ寝てる写真を見せてくださり、その唐突かつおちゃめな行動に感激、ますます惚《ほ》れ直した。

それにしても、女もたいへんだけど、男の人たちって、たいへんだなあとしみじみ思った。

11月5日

タッキーがいたので舞ちゃんの展示にちょっと寄って、いろんな人とちょっとだけしゃべって、サインもちょっとだけして、半端な感じでごめんなさい、と思いつつ、その場を去る。

実家でふまれたい会。お父さんもお母さんもよれよれだけれど、今日も平和。ふたりで並んでしみじみと話をしたりしていた。たかさまもはりきってみんなを踏んで整えてくれた。今しかない時間を、みんなで静かに過ごした。私は寝ぼけていたけれど、その場にいられてよかったと思う。あと、両親があまり仲がよくない時期は「夫婦なんて」って思ったけれど、何回も同じこと言うけど、最後まで見てみないとわからないんだ、と本気でびっくりした！　夫婦ってすばらしいのかもしれない。

11月7日

軽井沢へ取材に。星のやさん宿泊。わくわく。

森くんと丹羽くんとチビと私で、前半は神社に行ったり、むささびツアーに出たりする。このむささびツアーはかなり大事な取材だったので、もしだめだったらどうしよう、と思っていたら、むささびを見すぎるくらい見て、大満足した。穴から出てくるところとか超かわいかった。直前までぐうぐう寝ていて、時間がくるともぞもぞ起きだして出勤！　っていう感じ。

ヒロチンコさんと合流して、エンボカへ。やはりおいしいし、なんといっても人の家の中にあるレストランなので、心からあたたかい。ヨーロッパの田舎の家にいってごはん食べた感じ。

夜はひとりで真っ暗な瞑想風呂《めいそうぶろ》に入っていたら、こわくてこわくて、明るいほうに出たら、となりの人が「暗すぎてあっちに行けない」と言っていた。わかる〜！

家族で温泉に行ったことがなつかしいな、もう行けないんだな、ときゅんとなった。

いや、むりして連れてくかな！

11月8日

今日はアムチの小川さんの薬草茶の取材。澤くんと合流して、いっしょに行く。

小川さんは、小諸の麦草という工房の中で、週に数回、薬草茶カフェをやっているらしい。これって「王国」の取材じゃん、文藝春秋のお金で行っちゃいけないのでは？　と思うくらい、王国な感じだった。自分に合うおいしいお茶を、チベット医学に基づいてブレンドしてくれる。麦草さんでは半分くらいむきだしなおそろしいツリーハウスで遊び、すごいスリルがあった。自分で創る、ある意味あれも王国であった。旅をして、工作して、絵を描いて、暮らしてる人たちを見ると、自分もがんばろうと思う。

職人館にうますぎるそばを食べに行き、そのあとでとてもおしゃれなカフェに寄るが、カウンターに超地元のおっさんおばさんがたむろしてくだを巻いていて、光景のすごさに笑いが止まらなかった。店の人も、きっと違うものを目指していたに違いないので、笑ってはいけないのだが……

澤くんって、生まれながらに王様みたい。いるだけで安心。健康でいて、みんなを見ていてほしい。

夜中にチビと女湯に侵入して、真っ暗な中いっしょに遊んで、今日は暗くても楽しかった。「これがママとつくった最高の思い出だった」と言っていたが、まだ生きてるから〜！

11月9日

朝はブッフェだったが、これまでの人生で行ったブッフェでいちばんおいしかった。ホテルブレストンコートの朝ご飯。そのあと、丸山珈琲《コーヒー》に寄って、文春のふたりと別れる。別れが切ないくらい楽しい旅だった。

そのあと、さまざまな乗り物でしばらく移動して、思いっきり北上して、森先生とすばるさんにちょっと会う。

このご夫婦の、言葉ではうまく言えないほどの、いい感じ、見るたびに心が洗われる。しかし……

チビ「君には電車があるじゃないか」

やめてくれ〜!!!!　よりによって森先生に上からそんなことを言わないでくれ〜!!！

枝ごと落ちてくるようなすごい分量の枯れ葉を熊手《くまで》でそうじしているおしゃれな人を見て、森先生が、

「あの落ち葉の量に熊手っていうのは、効率的にありえないと思うんだけれど、きっとそういうライフスタイルなんだろうなと思って、言わないようにしてる」と言っていたのが、最高にツボで、夜寝るときまで思い出して笑った。

11月11日

ヤマニシくんが長新太さんのエッセイの本を貸してくれた。昔出た本からいろいろ再録してDVDをつけたもので、晩年まで、すばらしい文章だった。

あのすばらしい作風の裏に、このような思いがあったのだと思うたびに、楽ですいすいした人なんてこの世にはいないんだ、と熱い気持ちになる。

この本を出版したのは英断だと思うのだが、もしも編集者にあと一歩想像力があったなら、長さんを愛した人、尊敬した人たちに依頼をして彼に関しての文章を短くてもいいから書いてもらっただろう。そして長さんがどういう亡《な》くなりかたをしたのかを含め、もっとリアルなバイオグラフィをつけただろう。すると本に奥行きが出て、真の悼《いた》みになる。

今、この世から、そういうタイプの想像力がどんどん減っていっている。みな頭のまわりの小さい四角の中でぐるぐる生きている感じがする。世界は広いのに。

11月12日

なんと飛行機に乗りそこなう。もうパスポートを忘れた伝説がある原さんを笑えない。完全に私の勘違いだった。空港でさすがに泣けた。めんどうくさくて。すぐに電話したので、取り消し料のみでなんとかなり、ほっとする。みなさん知ってましたか？　行きに乗らないと帰りの便も乗れないって。私は乗れると思ってました。

でもくじけないで成田のＨＩＳに行ったら、ものすごい頭のいい美人がいて全部格安でなんとかしてくれた。一日帰国が早まったが、出発できることになる。はっちゃんが虫の知らせでまだ成田にいて空港に戻って来てくれたのも、すごかった。

11月13日

午前中遅くまで寝て、午後いちばんでみゆきちゃんとウブドへ。

バリブッダでけんちゃんとあやこさんと待ち合わせ。風邪が残っていてぼうっとしているせいか、みんなとしょっちゅう会ってる気がする。あやこさんなんて人生で二回目に会ったのに、ずっといっしょにいたみたい。読者だからか。

あやこさんのお店はもうすぐ終わってしまうので、バスボムを買いまくる。

そしてけんちゃんの家に行き、イダさんにマッサージを受ける。田んぼがあって、アヒルがいて、空気がよくて、病気が全部飛んで行きそう。夜には蛍がいっぱいでイダさんがつかまえてくれて、私の手の中で光っていた。

みゆき「蛍はいらないからこの道に電気をつけて〜」

暗い中歩いたら、けんちゃんは蛇にかまれてすごい痛い治療をしたそう……。

ママズワルンで絶妙なナシチャンプルを食べながら、けんちゃんがあやこさんにインタビューをしてるのを聞いていた。さすがもとインタビュアー、インタビューがうまいぞ。

あやこさんは、私の本を読んでバリに来て、レゴンダンスを習って舞台に出たり、お店をやったり、結婚したり、している。私の本よ、よくやってくれた、と思って嬉《うれ》しくなった。

11月14日

ヒロチンコさんがイダさんにマッサージを受けているあいだ、あまりにも台北の乗り継ぎが悪いので、なんとかしようと思い、ひたすらに旅行手配。風邪でぼうっとしている上、ネットがしょっちゅう切れて気が狂いそう。iPadとiPhoneしかないから、それでなんとかするしかない。しかし、なんとかなる現代ってすごい！

　イダさんって、なんかただただそばにいたくなる人物だ。そばにいるだけで癒《いや》されるというか。ひとかけらもエロくないところがたかさまに似てすばらしい。エロいとそれだけでもう信じられない。

　夕方は散歩しながら有名なクラブにカクテルを飲みに行ったら、夜に向けて古くさいタイプのおしゃれな高級セレブみたいな人たちがどんどん車で乗りつけてきたのでびっくりした。

　せっかくなので立派なリゾートのレストランで軽く晩ご飯を食べる。波の音がすごくて、ぼんぼりが灯《とも》り、不思議な感じだった。

　夜中に突然目が覚めて、耳の中に「明日カウンターで荷物をそのままあずけると、荷物だけ成田にいっちゃう」という声がして、そうだ！　と気づく。よかった〜。でもだれなの？　っていうか、それを教えてくれるなら、はじめに飛行機の時間を教えて！

11月15日

なんで行きと帰りの航空会社が違うの？　という雰囲気ながらも、なんとか台北に入国。乗りつぎ便を捨てたとき、最高にドキドキした。盛田さんの「散る、アウト。」みたいなドキドキ（この程度で、ちっちゃい自分……）。

台北はしっとり雨。

ホテルは一見ぴかぴかだけど古く、取ってがばしっと壊れたり、ＴＶがブラウン管&うつらなかったり、つたが人工だったりして、廃墟のようで、また台北ムードにしっくり。朝の町に出ている屋台や小さな店。おばちゃんが作るあたたかい麺《めん》を食べていたら、おじちゃんがやってきて仕込みを手伝いはじめる。この夫婦はここで何十年もこうしてきたんだな……と思う。外資系の高層ビルのすきまに、ぼろぼろでリアルな庶民の暮らしがある。排水溝にはゴミがつまり、朝の気だるい中、個人商店のいろんな匂《にお》いがする。お弁当やさんがいっぱい総菜を並べ、おにぎりや麺をみんな買って行く。少し前の日本みたいだ。懐《なつ》かしい朝の気配。

小龍包《ショーロンポー》を食べてから、寒いのであたたまりたいと思いたち、川堂養生館にへソ灸《きゅう》に行く。日本語が通じてありがたい。高いけれど、すばらしい効果。体はあたたまり、風邪はじょじょに退散し、食欲はいい意味でなくなり、肌がぴかぴかに。

11月16日

散歩して軽く点心を食べ、空港へ。

これがまたどきどきで、プリントアウトしてないからiPadを見せてチェックイン。なんとかなったとき、気が抜けてがくっとなった。国外から成田発でない飛行機を取ることができるのがわかり、勉強になりました……代償も大きかったけど。

神様、この散財、明日につながると心から信じています〜。

飛行機で気持ちが沈んでいたので、元気を出そうと行きと帰りにまたがって「ばかものたちのディナー」みたいなタイトルの映画を見てしまったのだが、あまりにも笑いすぎて涙が止まらないほどおかしくて、元気が出たというか、一生忘れられないほど笑った映画だった。

11月17日

飛行機乗りすぎで足腰がもぞもぞしてバランスがいつもよりもいっそう変なままフラに行って、いつもよりも極端にふらふらしながら踊っていたら、クリ先生がそれをぱしっと見破ったので、その指導力に感動して恋しそうになってしまった。見ててくれてるんだ！　と思って。

しかしその矢先にたまたまLちゃんがいつもより真剣に踊っていたら、あまりにもかっこよくてもっと恋をしてしまった。そしたらなんと並んでみていたまみちゃんもLちゃんのかっこよさにノックアウトされていて、

「これは男に対する気持ちだ」「いつもすごいわけじゃなくて何ヶ月かに一度、ランダムにすごい瞬間があるのがたまらない」「今日は三ヶ月ぶりにすごいLちゃんを見た」「三ヶ月前のプアリリレフアのときだったでしょ？」「そうそう、あのときも今日と同じすごさだった」「きっと自分ではわからないんだ」「そこがまたいいね」「その無防備さがまたたまらない」「私今、恋してる、でもLちゃんは絶対にこの気持ちに気づくことはないんだって思って、ドキドキした」「クムはこのすごさに気づいてるはずだ」「衣装じゃなくてTシャツなのもいい、Lちゃんお気に入りの」「カヒコだと、みんなかっこいい感じだからまぎれてしまうけどアウアナだと急に出てくる力だよね」「そう思ってたのは自分だけじゃなかったのね」「嬉しい、でもLちゃんは渡さないわよこのビッチ」などと言い合っていたのに、踊り終えたLちゃんに対してはふたりとも特に情感もなく、先に勝手に鍋《なべ》を頼んだり、五千円払わせたりした。

まみ「ふだんのLちゃんには別になにも感じないんだよね〜、でもきっとLちゃんが結婚したり、こどもを産んだりしたら、あの輝きは消えてしまうんだ！　結婚しないで〜！」

もう、言いたいほうだい。

でも、Lちゃんの踊りに対する、燃える思いは自分だけじゃなかったんだ、とほっとした。それからまみちゃんが昔パラセイリングで落ちたことがあるという恐ろしい話をしてくれたが、やっぱり、落ちるんだ、あれ。だって、落ちないはずないって思ってたもん。

11月22日

せはたさんのところへ。ついに卒業……長くつらい道のりだったが、ホメオパシーによって、現実も変わったし、自分の持っている幻想も全部見えたし、先々のアドバイスももらったし、ほんとうにありがたい気持ち。

くり返し同じテーマが出てくるもんだな、というのをカルマ的なものととらえていたが、そうではなく、治癒可能な方法がある（どの道筋でもプログラムを変えるのはたいへんだけど）という大きな可能性を見た。

このありがたさを、受けた側はせはたさんに返すのではなく、生きていく道で宇宙に返すしかないっていうのが、またせはたさんのかっこいいところだ。澤くんとか、せはたさんとか、小沢くんとか、たまにこういうむだのない人生の人に会うんだけれど、それは作家とは正反対の生き方なんだけれど、すばらしいと思う。私も作家部分はキープしつつ、むだない方向に歩んでいきたい。

11月23日

飴屋さんの展示「わたしのすがた」を見る。

まだ会期中なので、くわしいことは書けないけれど、とにかくすごかった。人生が変わった感じ。

そして、演劇でないのに演劇、夢ではないのに夢のようという、別次元へと旅をした感じだ。

この会場、このテーマ、この展示内容であれば、いくらでもネガティブに、波動が低く、おどろおどろしく、悲しく、つらくできるはず。

しかし空間は生きているもの死んでいるものの感謝の波動に包まれ、光り輝いて清められていた。それは力技なのではなく、あくまで自然というものに沿っているからなのだ。

コロちゃんとくるみちゃんと、陽子ちゃんと礼ちゃんと、ヒロチンとチビと、てくてく歩いて回った。みんな今いっしょにいるけど、ここはもう天国なのかもという感じだった。

最後には餡屋さんとかわいいスタッフたちもやってきて、すがすがしくみんなで定食を食べた。コロッケ作ってるところが見たい、というくーちゃんを抱っこして、羽根のように軽いのでびっくり。チビは、重かった&野郎であった……見せて、もっと見せて、というかわいい声が耳元で鳴っていて幸せだった。

11月24日

英会話に行ったら、マギさんがるすで、ネイティブイギリス人紳士と突撃英会話、勉強になりすぎて熱が出そうだったけど、楽しかった。やっぱり意外なことが起きることほど能力がのびることはないわね。

桜井会長の影響でヒクソン・グレイシーの本を読んでいるけれど、一行一行がずっしりみっちりと重くて、読みすすめられないほど。単純な文体で内容もくりかえしが多く、そんなはずはないのになぜかメガトン級の重さがこもっている。やはり文章は見たままのものではない、もっと抽象的なパワーがこめられるのだ、と変なところで参考になる。

夜、ティッチャイに辺銀さんたちがいらしていたので、ちょっと参加。石垣で会った人たちが近所にいるのって不思議で、夢の中みたいにぼうっとしてしまった。あいかわらずキラキラ輝くかわいい夫妻だった。小川糸さんも美人さんだった！

11月25日

フラの帰りにあっちゃんのお誕生会。お休みしていても、みんなに会うと一瞬であの頃に戻れるのが嬉しい。時間は決して戻らないけれど、過去は消えない。蓄積して、今の自分を作っていく。戻らないからこそ、自分はひとりで立っていると思える。

いつものように下品で毒舌なおしゃべりをしながら、りか先生の恋のレクチャーをありがたく聞き（参考になりすぎて今自分が若くない既婚者なので、試せないのがもったいない）、外に出たらクムとクリ先生にばったり！ふたりとも雨なのににこにこしていて美しくて、こちらもにこにこしてしまう。あっちゃんにとって、最高のプレゼントだったと思う。フラの神様ありがとう。

11月26日

太極拳《たいきょくけん》。前よりも健康状態がよくてやる気があるので、とっても楽しい。先生もいつもみっちりと気に満ちていて、でもあくまで静かな感じで、参考になる。痛い筋肉をなだめながら、ふまれたい会に参加。前よりも健康状態がいいとたかさまに言われて、心底嬉しい。

姉がコロッケを揚げて、父の誕生会。ごく身内だけなんだけれど、大勢来ていた頃よりもなんとなくしみじみ幸せな感じ。そこにたかさまがいて守ってくれてることも、おじさんがいて大食いなことも、みんな幸せ。母もちょっとだけだけど自室から降りてきて、貴重かつあたりまえの時間を過ごす。

11月27日

前にずっとおそうじに来てくれていたが住み込みのお仕事について辞めてしまった南野さんが、ちょっと状況が落ち着いたと言って、遊びに来てくれた。

もしかして、もう会えないのかな、と思っていたから、かなりじんときた。チビも大喜び。毎日遊んでくれてたんだもんね。この期間の壮絶体験を聞き、それでもお子さんたちや私たちに頼ってこないすごい根性を見て、やっぱりまねできない、すごい力だと思う。ブラジルに移民し、農園をやりながらたくさんの子どもを育てた人の底力を見た。

なにもできないのに口先だけあたたかいことを言っていた自分を反省もしたし、でもかかわり続けた素直さを自分でもいいと思った。半分ずつの気持ちだ。この見極め、すごく重要なポイントだと思う。

11月28日

サニーデイ・サービスのライブへ。

なんだかものすごくでかくてすごみがあってこわい男たちが黒スーツ、黒サングラスみたいな感じで集っていたので、いつからこんなバンドに？　と思ったら、となりのホールの人たちだった……

あくまでも切なすぎる恋のスイートでしかたない暫定《ざんてい》的な感じ、それこそがあのバンドのすばらしさで、ソカバンさんに比べて、演奏の感じも若干ゆるくて甘く、それこそがあのバンドの雰囲気を当時また切なくさせていたバランスだったんだけれど、今は大人になった曽我部くんが、弱みになってしまいかねないその甘さを全《すべ》てぐっと受け止めて、手を抜かず、流さず、目立ちすぎることもせず、歌も演奏も全力で、バンドのいい部分を守ろうとしていた。男だなあ……という感じだった。

11月30日

ペットシッターの星さんが寄ってくれて、ミーティング。

ゼリちゃんも高齢なので、ほんとうに思ってくれる人にしか託せない。その点、星さんは、信頼できる。星さんが来ると、動物たちが嬉しそうにしているので、きっといい時間を過ごしているんだなあと思う。飼い主にもあまり関心がないあのたまちゃんでさえも、ちょっと関心を持っているようす。私のサイトでリンクしてあるので、世田谷近辺の人は、ぜひ！　でもあんまり混んじゃうと私が困っちゃうから、そこそこに（笑）！　秋って、ワインもお酒もおいしくて、夜ごはんを食べながら、ついつい飲み過ぎてしまう、この幸せよ……

でも朝起きるときつらいので、ほどほどに（だれに向かって？）！

チビのお弁当も「ナポリタンとスープのみ！」とか「でっかいパンが入っていてあとはサラダ」とか危険なできになっております。

12月1日

平尾さんと密談があり、文藝春秋社へ。といってもただお茶を飲んで楽しく過ごしただけで、いい時間を過ごした。

平尾さんもそうだけれど、間宮さんも、小さいときから知っている人たちの声を聞くだけで、落ち着く。おじさんたちって、すばらしいなあ……

しっかりしたおじさんに会うたびに、日本っていい国だったよなあ……と思う。

12月2日

事務所でいろいろやったあと、フラへ。

頭を使ったり、整理したり、接続したりしたので、体を動かすのが純粋に楽しい。

帰りはいつにない斬新《ざんしん》なメンバーでごはんを食べる。あまりの斬新さに収集がつかないほどで、それぞれの個性が炸裂《さくれつ》……まみちゃんのモテた過去（学校一のモテモテ男に追いかけられたのにカーくんが好きでとりのがした）や、モテなかった過去（たった一回行った合コンで、好きなタイプは浩宮さまと言って思いきりひかれた）をいろいろ聞いて、涙が出るまで笑って、じゅんちゃんと成城石井に行って、じっくりと買い物して、帰る。

この年になって、同じ習いごとしている人たちと、なんとなくいっしょに過ごせるなんて思わなかった！　高校の部活はもっと過酷だったし、作家になってからは忙しくて仕事以外の人とほとんど会ったことないってくらいだから。「3月のライオン」の零くんの気持ち、すごくよくわかる。

12月3日

新しいバイトの磯さん（美人すぎるほど美人、キラキラ美人）がやってくるので、はりきって事務所へ。

ふってわいたみたいに、なんとなくとんとんとバイトすることになったので、ふたりともぽか〜んとしているけど、こういうのもいいのかも。

中野さんちから来た、中野さんたちがいっしょうけんめい育てた玄米の餅《もち》を、中野さんのおじょうさんおすすめのフライパンでオリーブオイルで焼く形式にしたら、考えられないくらいうまく、みんなでばくばく食べた。収穫の喜びをわけてもらったような気持ちだ。これって、食のほんとうの喜びの基本で、その反対は、まずくて高いレストラン、安くて材料をけちった弁当、などになるんだな。

12月4日

明日はお互い大変だから、早く寝ようねと思っていたが、超すてきな服ばかりのリトル・イーグルの展示会とかおりこさんの記念パーティライブが、長い時間もりあがりすぎて、帰宅が深夜に！

UAさんとか郁子ちゃんとか朝崎さんとかアリシアが次々歌いだして、豪華絢爛《けんらん》。そして、その前に、かおりこさんのお友達のよしえさんという人が歌われたんだけれど、その顔のよさと声のよさといったら、ふつうこういう感じの音楽があまり好きでない私なのに、とてもいい気持ちになる感じで、生き方って顔や声に出るんだなあ、とあらためて思った。

郁子ちゃんって、だれもがそう思うのかもしれないけれど、むか〜しから知ってる人みたい。あと、芸能の人って、絶対舞台に上がる前と上がってる最中と気合いを入れて変わるんだけれど、郁子ちゃんはすうっと歌に入っていった。そこが特に好き。最後に突然クムとわだちゃんとまりちゃんがやってきて、びっくりするが、みんなの波を見て、なんだかほっとした。クムはいいなあ……

会場のヴェジタリアン率がとっても高く、今、ステーキとハンバーグの小説を書いている私は胸がドキドキした。毎日肉のことばっかり考えているから。

12月5日

朝からチビの学校のクリスマスコンサート。この日のために、インドネシアでまで練習したかいがあって、なんとかやっていた。親は心身ともにへとへと。出番の恐怖のあまり眠気がおそってきたほど。

中に、舞台にいるほうが自然なくらいに全身が人をひきつける子がひとりいる。見た目ではなくって、全身がひとつのばねになっているような。こういう人が、舞台に立つ才能を持っているっていうんだ、とはじめて納得した。練習してある程度まではいけるんだろうし、すごい俳優さんはみんなこの域を発達させるんだ……と目からうろこ。

うちのチビは、腰の上がちょっと折れてる感じがすごくオザケンだった。

午後はフリマでひたすらにサイン会。三百人くらいいたのではないだろうか……寒い中、並んでくれている人たちの顔がキラキラしていた。私の心はほかほかになった。舞ちゃんがとなりで絵を描いていて、鈴やんが守ってくれていて、スタッフのみんながきびきび働いていて、まみちゃんも売り子をやっていて、雅子さんが写真を撮っていて、毎日新聞社の人たち、新潮社の人たちもがんばって本を売っている。この、全部が、あのたったひとつの小説からはじまっているんだ、と思うと、不思議だった。

もう終わっちゃうんだ……と思うと、一瞬一瞬が愛《いと》おしかった。

でも、なにがなんだか、なにを書いてるんだか、わからなくなった頃に終わったので、ひとり感慨と共に抜け出し、おねえさんの店のサンドイッチをむさぼり食いながら、ぐのママのあったかいカシス番茶を飲んで、幸せにひたっていた。

ありがとうございました。

12月6日

真っ白な灰になりながら、J-WAVEへ。

岡田くんの番組の収録。もちろん超かっこいいし、すごくいい人だし、賢いし、そして顔がじゅんちゃんに似ていて、じゅんちゃんといるみたいだった……ので、あまり緊張しなかった。彼はとても自然なのだが、やはり周囲の彼を包む雰囲気のものものしさに、芸能人って大変だなあと感じた。

というか、犬を連れてるなべおさみさんとか病院で待つ中島みゆきさんとかチャリに乗る柄本明さんとかカウンターで飲む竹中直人さんとかタクシー待ちの内田裕也さんとか王将の前で立ってる曽我部くんとかしか見てないから、芸能人って大変だっていうことを、すっかり忘れていた！

それにしても、あのラジオ局、大好きなのだが、あそこにうつってからみなさんの顔色がどんどん悪くなっている気がするし、なんだか室内がモヤッていておそろしい。がんばってほしいし、風水とかとにかく工夫してほしい……。

12月7日

久しぶりに松永修岳さんにあって、お昼をごちそうになる。ゆりちゃんもいっしょ。やりとりのあった早川さんともやっと会う。

さすが風水のよさそうなすてきなオフィス、なんとなく実業の人たちや芸能よりで、華やかなお洋服を着て、それでも松永さんはちっとも黒くかげっていなくて、お変わりなくって、気さくで、ほっとした。

こわいものやすばらしい竜が写った写真などいっぱい見せてもらう。

私「松永さんは、とても人が近づけないようなおそろしい場所にもよくお仕事で行かれてそこを清めたりすると思うんですけれど」

松永さん「清めるだけではだめです、そこをゼロに戻さなくてはいけない」

私「そんなとき、どういう心構えでおられるんですか?」

松永さん「早く帰ります!」

そ、そんな……!

でも、ものごとってそういう単純なことかも! とゆりちゃんと共に妙に納得した。

帰り、ゆりちゃんを送って行ったら、なにかを抱きしめたまま車から降りて手を振ってるので、よく見たら、私の車に置いてあるでっかいバナナクッションだった。それを持って、講師を⁉

そしてAkinatorで「まねき猫」を思い浮かべた人ははじめて見た。それははっちゃん。

12月8日

ひたすらに事務所の掃除。

風水を整えて、いらないものを捨てて……捨てるほうはまだ一年くらいかかりそうだけれど、とにかくなんとか人がいられて運が落ちない程度まで、持っていく。なかなかいい感じになってきた。これって、何回も引っ越してはじめてわかったことかも。

もう少し事務所に関わらないと、こりゃだめだ、でも、毎日かわいい人たちに会えるので、ちょっと嬉しい。

12月9日

フラ。へとへとだったので、史上最悪の踊り。なるほど、これがだめな踊りなのか！と納得。いくらたてなおそうとしても、体がついてこない。歳《とし》ね！　でもがんばるわ！

最近、毎回変わる不思議なメンバーで晩ご飯を食べるけど、なんだかとっても楽しい。いつものんちゃんと腕を組んで歩き、じゅんちゃんに手を振って。それこそ恋してるみたいに楽しい。

親しいみんながいなくなってしまい、しょげた時期もあった。確かに青山をみんなでげらげら笑いながら歩いて帰った日々は二度と帰ってこない。つい最近のことなのに。あたりまえだと思っていたことなのに。

でもそのみんなも、会えばすぐ昔に戻れるから、悲しいだけの経験ではない。

こんな日々だって、いつ終わってもおかしくはない。みんなそのことを見ないようにしている。でも、変化の影はいつもとなりにある。だから私はそれを文に書く。

体が動いて、屋根があって、ごはんがあって、好きな人たちがいて、行きたいところにいける……この仕事をしてきて、いろんな悲惨なものを見てきて、そういう幸せをあたりまえだともう思えないから、私は人よりも多く動けるのだと思う。

12月10日

静山社の「自分で『疲れ』をとる！　日々の整体」という片山先生の本、すばらしい。

自分でできるし、確かだし、体のこともよくわかる。派手じゃないけれど、確実で、真実。やってみたら、あっというまに体がゆるんでいくので、自分でもあれ？　と思う。

現代人は、こういうふうに疲れているのか……野口先生の時代にはなかった疲れだから、片山先生が本に書いてくれると、「今」を感じて、自分のために書かれたんじゃないかと錯覚してしまうほど、あてはまっている。

としちゃんといっしょに民音社のみなさんが事務所にやってくる。社長もかわいらしいし、みんなかわいくすてきな人ばっかりで、なによりも情熱がある。本に対する情熱。小説に対する情熱も大事だけれど、ビジネス的な情熱もいっぱいある。それにふれると、ようし、がんばろう！　と思う。

初出社のゆかさんが、てきぱきといろいろこなしてくれて、手応《てごた》えを感じる。よし、動き出した！　という感じだ。

そのあととしちゃんとアガペに行って、おいしいごはんを食べて、ヨーロッパに遊びに行ったみたいな気分になった。チビもおいしく食べていた。

コートドールやヒロにいらしたからだろうか、なぜか彼の料理はビザビを思い出させて、少し切なくなる。ビザビの出の人はみんな同じものを持っているけれど、彼がいちばん、近い気がする。

12月11日

店長のお墓参り&同窓会。

みんな変わらないし、いっしょに働いていたからリズムがつかめて、楽しい。いっしょに働くって体で接することなんだねえ。その感じは消えない。

しのさんの家があまりにも店みたいなのでチビが「あんなにお店らしいんだから、いっそ店にしたら？」とアドバイスをしていた。

家族で作ったかるたなどやって、えいこお母さんのおいしいごはんを食べて、みんなで笑って過ごす。かよちゃんの毒舌ギャグもどんどん復活してきて、いいぞ！と思う。

近所なので実家に寄り、父の話を聞きながらうたたね。子どもに戻った夢を見た。幸せ〜……。

12月12日

春菊さんにちらりと会った。チビが「お店の扉をあけたときから美人がいる感じがしたんだよ、あの人ほんとうにきれいだね」と言ったので、お目が高い！と思った。

春菊さんの顔、ほんと〜に好きだ。色っぽいし、かわいいし、飽きないし、キュートだし、絶妙な大きさだし。毎回恋する。

そのあとタイラさんの器を買いにちょっとだけBunkamuraに行く。切り絵の人の猫の絵も数枚購入し、あったかい感じ。おそろしい年だったけど、タイラさんの顔を見たら大丈夫な感じがした。

12月13日

今日もBunkamuraへ。

武満トリビュートライブ。大友さんも、菊地さんも、すばらしかった。それぞれがそれぞれにしかできないことをやっていて、かけねなく音楽が好き。すぐ集まってくれる友人知人がいて、クオリティが高い。これが音楽という感じ。もちろん根底に武満徹さんがすばらしいという事実があってこその、すばらしい音楽会。

飴屋さんをさがしていたら、そっと箱の陰にすわっていた……。

生きていてくれて、今年もいっぱい希望をくれて、ありがとう、偉大な人よ。

12月14日

りさっぴと明さんと上海蟹《シャンハイがに》を食べに行く。台北で食べられなかったので、リベンジ。台北の海鮮の店で頼もうとしたら「ナイヨ！　なんでだかわからないけどナイヨ〜！」と言われたとき、思わず笑ってしまった……。

懐《なつ》かしいりさっぴ、明さん、変わらないふたりにぷっと笑いながらも、ほっとする。お店の人たちも変わらないし、息子さんがどんどんいい顔になっていっているので、お腹《なか》も気持ちも満たされた。

12月15日

安田隆さんを取材させていただく。健康の本のためのインタビュー。秘伝を伝授され、どぎまぎした。この本、実に読みにくいけど、ヒントでいっぱいすぎてお得な本になる気がする。

たかさまは、なんとなくだが、天草系の顔だし親戚《しんせき》のような気もして、どこまでも甘えてしまう。こんなふうに人に甘えてもいい（よくないけど）という大らかな気持ちをはじめて教えてくれた人かもしれないと思う。家族ぐるみでありがたい存在だ。

事務所を掃除しまくっているので、今日も作業。

美しい上に青白い知的オーラがきらきらと漂ってくるゆかちゃんが、しっかりと働いていてくれた。いっちゃんもきらきらで大福を食べて買い物に走る。気持ちがいい。こんなに掃除したの、久しぶりかも。引っ越しみたいですっきりだ。来年は健康でいるぞ〜。仕事さぼるぞ〜!! 貧乏ひまなしからは脱却するぞ！

12月16日

フラへ。今年最後なので、少しだけ一生懸命。

悔いはいっぱい残ったけれど、腰がもったので、よかった……。まだ腰を左には回せない。大きなブロックがあって、もどかしいけど、むりをしたらまたいためちゃう。

ガクガクッとなるたび、すごくくやしい。

くじけず地味に続けたい。

インドネシア料理屋さんに行き、久々のあっちゃんを囲んでおいしいものを食べる。みんなきっと結婚したり、引っ越したり、辞めたり、するよね。だから今会えるときは笑顔で会いたい。

12月18日

ともちゃんのハラウのホイケ。

ともちゃんが堂々と踊っているのを見て、胸がドキドキ。お互いに、いろんなことがあったねえと思った。たんじくんもみかちゃんも、わだちゃんも、生きてて会えてよかった。それだけでいい。

れい先生に「今、先生のハラウの子がふたりもうちにいるんですよ〜、いつ勧誘されてそっちにうつるかわかりませんよっ」と言ったら、「ないない、それはない！」ってきっぱりおっしゃったわ！　おかしいなあ。ぜひ来てってことになるはずだったのにニャー。

じゅんちゃんとプレゴプレゴで飲んだくれて帰る。おいしいものを愛する人と食べるのは最高です。

12月19日

実家へ。たかさまがいらして、踏まれたい会。いろいろ切ない気持ちになったり、夢うつつで夢の話を聞いて、いろいろ理解したり、すごく不思議な感じがした。たかさまが無心で猫と遊びながら「猫が長く生きたから、いなくなって大丈夫っていうことは全くない」と言ったとき、うなずきすぎてなにも言えなかった。

十数年いっしょに暮らしたラブちゃんのことを、まだ忘れられていない自分、そのまま抱えて生きていく自分、それが人生だと思う。生きていてもうずっとラブ子に会えないと思うと、死にたいと思ったことさえあった。バカかもしれないが、そのくらいずっとどんなときもいっしょだったのだ。

12月20日

那須へ。

はじめての旅館。船井先生が「この宿はイヤシロチだ」って書いていたのだが、確かにすごくがんばっている。アロマ、電気、音楽……がんばれ～!! って感じだ。

りさっぴも言っていたが、客商売とは全《すべ》て、どこにターゲットをしぼるかで決まってくる。来ないでほしい層を思いきって切り捨てる勇気も必要。はじめは来てほしい層だけに手厚くしてしぼって、そこからじょじょにお客さんのほうが変わっていく道筋がいちばんいい。それがない宿は、のっぺらぼうになるか、おかみさん一家に似た層が来るだけになる。ここは後者で、それがはっきりしているので、バランスはいいと思った。

12月21日

チビとじーじが会話していると、面白くて笑いが止まらない。

よくこんな絶妙な会話ができるなあ、と思う。

サファリパークに行って、いろんな動物を見るが、なぜかみんなすごくアクティブでどきどきした。象の鼻が窓から入ってきて、ちゃんとチビと私に交互にのばしてくるのにも感激した。

故ライアル・ワトソンさんの「エレファントム」という本は、すばらしい本だった。象について、子供時代のすばらしい思い出をからめて渾身《こんしん》のレポートがなされているし、最後のほうのどきどきする展開はどんなスピリチュアルな本よりも学びにあふれている。悲しく切なく、涙が出る奇跡的瞬間とともに、希望もかすかに描いてある。彼を好きな人たちが、愛をこめて作った本だった。

彼に一度だけ会ったことがある。

パーティの席で「さっきオーラを見て、あなたがよしもとさんじゃないかと思ってた」と言ってくれた。私は、彼は詩人なのかな？　と思った。そういう目をしていた。知性と研究と実践とスピリチュアルをひとつに知っている人はそんなにたくさんはいない。彼の存在がこの世から消えたことを、とても淋《さび》しく思う。

12月22日

今年最後のここぺり。

とにかく突貫でなんとかしてもらい、美奈子さんはたいへんだったと思う。こつこつとマッサージをする姿にいつも胸打たれる。

夜は、くろがねで、おいしいすき焼きと根本さんの会。おじょうさんもヨッシーもヤマニシくんも来て、チビ大喜び。根本さんのほんとうの品の良さやすごさを毎年身にしみて感じるようになった。やはり名編集者はいくつになってもすごいと思う。その上こんなあたたかい家族を作っているなんて、すばらしい。根本さんのすごさがわかるまでこの仕事を続けることができたのも、感謝だ。

12月23日

KRさんと対談。

ホ・オポノポノについて。イハレアカラさんがあまりにも論理的そして本質的すぎて伝わらない部分もこのKRさんの本なら、みんな実践できるし、自分の体験に重ねることができると思う。日本人にとって大切な本になりそうだ。

あの考え方のいちばんすごいところは、なんといっても現実的に有効なところだ。こういうと現世利益《りやく》的なことに思えるが、そういうわけではない。ただただ生命にとって有効なやり方なのだ。もはや合理的とさえ思う。

12月24日

太極拳中にヒロチンコさんがぎっくり腰になり、たいへんな騒ぎに。

でもじゅんじゅん先生と和やかにホットチョコレートを飲んで、一年をしめくくる。

ヒロチンコさんは鍼《はり》に走っていった……

私はやむなくチビとふたりで前売りを買ってたヤマトを観《み》るべか、と思ったが、一枚あるのでためしにタッキーをさそったら、来てくれたので、三人で観て、ごはんを食べる。

ヤマトって……これじゃ、さらばのほうじゃん！　と思いつつ、あまりの懐かしさにくらくらした。波動砲ってしょっちゅう使えないんだっけ、とかこれとワープしかなくってよく戦うなあとか、子どものときも思った。そして自分が第一艦橋だけのフィギュア（人形なし）を持っていたことなど思い出し、あきれた。

これだけオタクなら、スピリチュアルな人が波動波動と言うたびに、ヤマトの映像が浮かぶのも当然だ……。

12月25日

今日も悲しくぎっくり腰な夫。なので、クリスマスは地味に家で過ごす。

ケーキを食べて、チキンの残りで炊《た》き込みごはんを作り、残ったチーズをパンでこそげとり、カヴァだけ買ってきて、とにかく地味〜に。

でもそういうのが足りない毎日なので、とってもよかった。こういうのがいちばんだと思う。

12月26日

たくさんおもちをいただいたので、牌《パイ》の音におすそわけに行ったら、「支部長！」とからかわれた……！　う、嬉《うれ》しい。

電車に乗って、やつれた人たちをながめていたら、雀鬼《じゃんき》会の人たちのほうが、一見地味に見えても生き生きとしているなあとしみじみ思った。ちゃんと声が出ていて、あいさつができて、笑顔がすぐに出てくる人たち。

色とりどりの服を着ていても、喜怒哀楽があんまりないと、なにか足りない。なんとなく顔がのっぺりして見える。雀鬼会の人はそんなことがない。生きてる感がある。あんなに無言で麻雀をやってるのに。

チビと「くまのがっこう」「チェブラーシカ」を観に行く。

「くまのがっこう」は、あの子たちが動いているだけで幸せっていう感じだった。服もかわいいし、すぐ泣くジャッキーがまるで人間の女の子みたいにうっとうしくかわいい。あの家に住みたいなあと思う。「チェブラーシカ」は上目遣いで絶妙に小さく、異国文化も満載で、ずるい！　苦しい！　と思った。あまりにもかわいすぎて、具合悪くなってきた。

まだまだパパの腰も治らないので、クムのバースディに行くのをあきらめ、家でサーモンを焼いて、今日もぎっくり腰のパパを囲む地味ディナー。

12月27日

今年最後の鍼。ものすごく助けられたので、心から感謝の言葉を告げる。予防が全てだとますます実感した。

夜は実家の忘年会で、ありとあらゆる肉を食べる。羊、鶏《とり》、レバー、牛。鼻血が出そう。母と父もなんとか参加できてよかった。親が生きているのを見るだけで、もう数えることをやめよう、と思う。体重計も、月も、日も、時間も、もうこの人生にはいらない。

そういう気分になる。よく知らないけど合気道ってきっとこれなんだなと思う。

12月28日

ものすご～く濃く、めずらしい会に出る。

ものすご～く面白い話をいっぱい聞くけど、ここではどれも書けない。実業家さん、議員さん、テレポーテーションさんなどすごい人満載。すばらしい人たちの目はみんな子犬のように澄んでいる。社会って平等だな、とあらためて思う。このような目をしていたら、望みは叶《かな》う。望みが叶えたくなかったら、望みを持たなくてもいい。自由で、厳密だ。

すごい偶然により、もしかしたら、チビは学校を変わるかもしれない。すごい展開にどきどきする。

夜は、外国人たちの会（？）。旅人さくらくん、ハワイのちほ、バリのみゆきちゃん、世界をまたにかけるなにかとふさふさの舞ちゃんと、家族で、ピザを食べる。みんな日本人とは言えない変わりっぷりで、面白い。ちほちゃんの関西人トークも年々円熟の域に！

12月29日

大掃除してるけど、ちっとも片付かない。どうやったらこんなにいろんなものが出てくるんだ、という感じ。こまめなおそうじが大切ね……って毎年思うんだが。

まみちゃんのバイトしてるお店に遊びに行く。肉がおいしくて、みんなでいろいろなものを頼んでちょびちょび食べる。みんな年末でへとへとだけれど、なんていうことない会話をして、一年間ありがとうと思って帰っていくのがいちばん。

人間は、どんなところからでも、心を切り替えて、たったひとりではいあがるしかない。

その心構えがなかったら、なにもできない。たったひとりで、だれにも言わずに、楽しいことだけは人とシェアして、こつこつはっていくしかない。それができたら初めて、あれ？　同じことを知ってる仲間がいたんだ、ってことがわかる。楽して幸せな人間がひとりもいないこともわかる。それがわからないで人をうらやんだり、孤独に苦しんでいる人を見ると、気の毒だなあと思う。気の毒だけどなにもできないし、しちゃだめ。だって、それぞれに人生が与えられていてそこで精一杯やるしかないんだもの、と思う。

12月30日

宮本輝先生の「骸骨《がいこつ》ビルの庭」をやっと読める。年末にと取っておいたのだ！

人間を深く知っている著者の力わざで、こんな突飛な設定でも決してものごとが理想化されていないので、小説ではなく単なる実話ルポなのでは？　と思うくらいのリアルさだった。でもそこはやっぱり輝先生の主人公。なんとなく上品で、ほのぼのしていて、やることをこつこつやって、ちょっと抜けてて、あやまるべきときは素直にあやまり、いつのまにかみんなが心を開いてしまう感じに、安心して入り込むことができた。

　そしてもう一方の、亡くなっている影の主人公は昭和のおじさんならではの、なにがあってもやせ我慢をするしやると決めたことはやるという人で、その人の気配が作品全体を静かに覆《おお》っている。その面影の中で主人公は安心しておいしいコーヒーを飲み、オムレツを焼き、庭をたがやしている。それだけで会社勤めの男の人がどういう暮らしをしたいのか、痛いほど伝わってくる。別に逸脱したいわけではなく、世界を自由に見たいという気持ち。

　いい人がいいだけではなく、悪い人は悪いままで、ずるい人でも死なないでほしいとみんなが思い、そうそうこのバランスが人間だなあと思いながらも、私もまた安心して輝先生の技の中で心を自由にした。

12月31日
　大晦日《おおみそか》。大変な一年だったなあ……と思いながら、家族で小龍包《ショーロンポー》など食べる。
　どんな年だったかというと、死にかけた、むちゃくちゃ旅行をしたそして生き延びた、だ。

二日続けての小龍包だったけど、おいしいから全然オッケーだ。西武の下のあの店、実は担々麺《たんたんめん》がものすごくおいしい。辛いけど！

今日は実家にチビが泊まるので、荷造りをして送っていく。

〈特別エッセイ〉　フリマを終えて

〈特別エッセイ〉フリマを終えて

あまり、嬉《うれ》しくない仕事でお金が二百万円も入ってきてしまい、なにかいいことにつかいたいな、と思った。チベット支援団体に寄付、病気の子供たちに寄付……と考えたところで、それでは、事務所の人がネットバンキングで振り込んで終わりだ、と気づいた。

もちろんその先ではもっとすばらしい使われ方をするのだから、いいのだけれど、自分はいつも読者の人から精神的に悩んでつらいと相談されているではないか、まずそこだろう、と思った。

はじめはカフェを一定期間作って、読者と交流するのがいいのではないかな？　というふうに思った。

しかし、カフェをやるには場所を借りて、新たに人を雇わなくてはいけない。事務所は賃貸だから勝手にそんなことできないし、食べ物を出すなら免許や許可も必要そうだし、なんだかうまくまわらないな〜と思ったし、そこにつめて、私がひとりひと

『もしもし下北沢』フリマイベントは大盛況！　2010年12月5日下北沢ピュアロード商店街にて

12月5日の日記（P264）も合わせてご覧下さい。

「お助けウーマン」のまみちゃんと、お手伝いの福本くん

舞ちゃんと

写真©永野雅子

りの悩み相談をしたりその人たちから応援の言葉を聞いても、占い師でもカウンセラーでもないから、解決できないし、対面の人間関係がでたらめだからこそ、文に書いて伝えているのであって、そんなことをしても、あまりいろんなことがよくなっていかない気がした(でも、いつか数日間だけそのときの作品で原画展&カフェをやろうという夢だけは持っています)。

そこに「お助けウーマン」という会社をやっているまみちゃんが突然にお助けにやってきた。

一度人を介して会ったことはあるけれど、特に会話も交わさず、なんだかすてきな人だなあと思って別れただけだったのに、ある夜中に、ふと彼女の顔が目の前に感じられて、なんだろう? とびっくりして、飛び起きてブログを読んだ。そこには飾りのない、真実の人生を生きる女性のすばらしい文章があった。泣きながらいっぺんに読んでしまった。

もう一回この人に会わなくちゃ、と思った翌日に、なぜかまみちゃんも私を思い出していた。そして幸せなやりとりがはじまった。

そこに下北沢のあまりよくない再開発の問題が重なった。

住んでいる人のつごうなんかなにも考えずに、町は勝手にきれいにされていく。住んでいる町のことをリアルタイムに小説にしていることはなかなかないと思うのだが、今回はちょうどその真っ最中で、舞ちゃんのすばらしい絵に飾られながら、毎日新聞での連載が続いていた。

舞ちゃんにも相談して、去年いっしょにたまたまやった、南口のフリマに出ないか、ということになった。

グッズを作り、フリマで売る。そして展覧会をやる。ふだん交流がある書店さんやお店にグッズを置いてもらう。その三つを柱にして、このプロジェクトはスタートした。

これも、たまたま私物を持ち寄って舞ちゃんと去年いっしょにフリマに出ていなかったら、なかなか思いつけないことだ。

グッズを作るノウハウは、自分のカレンダーやポストカードを作ってきた舞ちゃんが完璧《かんぺき》に持っていた。舞ちゃんは絵を描くだけではなく、会社員だった過去を生かして、実務にもしっかりかかわり、すばらしいグッズができあがった。

フリマが開催される南口ピュアロードの一角にお店を持ち、フリマの幹事をやっている蓮沼さんが、旗を作ることから、舞ちゃんの展覧会まで、陰に回って目だたないようにしながら、ものすごくたくさん手伝ってくれた。庭師の丹羽さんも、搬送やライティングをそっと手伝ってくれた。道でばったり再会してインタビューを受けた勝俣くんや、しばらく縁が途絶えていたのに天使のようにやってきてくれた武本くんや、ばななな事務所のかわいいスタッフたちもいっしょうけんめい働いてくれたし、絆《きずな》も強くなったと思う。

なんと仕事の途中で出産して、生まれたての赤ちゃんを連れてきてくれたりして、まみちゃんも全く弱音をはかずに最後までつきあってくれた。

まみちゃんのご主人やお子さんも、ふつうにそこにいてくれたので、「売るぞ」みたいな雰囲気がない（もともとあまりなかったんだけど）ブースになったのも、とってもよかった。

子供たちやスタッフのご家族や山西ゲンイチくんに旗も描いてもらった。

九月はひとつのブースでグッズを売り、手応《てごた》えを確かめ、十二月は毎日新聞社や新潮社やなぜか文藝春秋の森くんやもと幻冬舎の大好きなミルコや、もうすぐ私の特集号が出る祥伝社「フィールラブ」のかわいい人たちまで巻き込んだ。

茄子《なす》おやじではノートを置いて店頭で大々的に販売、つきまさでは特別メニューが組まれ、気流舎さんとフィクショネスさんとヴィレッジヴァンガードさんとワンラブさんと三省堂さんと博文堂さんにも、サイン本やグッズを置いてもらった。お助けウーマンの山田さんには初回売り子を、舞ちゃんの友達の福本くんにはいろいろなことのまとめを手伝ってもらった。大勢の人がひとつのことに向かったことで、思ったよりもずっと大きな波を創《つく》りだせたと思う。

いらしてくださったみなさんも、寒いのに列に並んでもけわしい顔になる人はいなくて、フリマのいろんな匂《にお》いがしてくるお祭りっぽい雰囲気がまた冬空の感じに合っていた。

みなさんの手はすっかり冷たくなっていたけど、とにかく笑顔が輝いていた。

となりには長年のつきあいの鈴やんが休憩も取らずにがっちりと守っていてくれてるし、右どなりには相棒舞ちゃんがすばらしい絵をこつこつ描いて手伝ってくれているし、永野雅子ちゃんが写真をたくさん撮ってくれた（さすがプロなので、すばらしいです）。

のべ五百人以上にサインをしたのに、最後にはなにを書いてるかわからなくなったのに、手が痛くて、打ち上げのときビールのグラスをとりおとしそうになったのに、とても幸せな笑顔をたくさん見たことで、心はあたたまっていた。

すごくたいへんだけれど、追い風が吹いていたというか、だれもがちょっとたいへんだったけど、もっとたくさんのものをもらったイベントだったと思う。いちばん大事だったのは、グッズや本を売ったのだから、お金のためでしょう、と言われたら、違う、みんなの楽しさのためにやったんだ、と心から言えるイベントになったことだった。

　ひとつの小説を書いたことで、最後ここまで大きな波ができたことを体験したのは、すごいことだと思う。

　一生の思い出になりました。

　ここで全員のお名前をあげられなかったけれど、関わってくださったみなさん、そしていらしてくださった読者のみなさん、ありがとうございました。

よしもとばなな

今回の物語は本当に涙が出てしまいました。楓さんと片岡さんが、とても素敵です。

さて、質問です。もしかしたらこの時期おおく聞かれることかもしれませんが、電子書籍についてばななさんはどう思われますか？

特に書き手として、媒体が質的に変化することによって、何か変化することがあると思われますか？

よろしければお考えをお聞かせください。

(2010.06.01－KYOKO)


ありがとうございます。私もあの人たち、切ないです。友達と別れたあとの気分です。

海外で、もしかしててきと〜なんじゃ？　と思うような訳（の国もあると思う。イタリア語とスペイン語と英語しかチェックできないので）でいっぱい出版されている私としては、電子書籍になることは痛くもかゆくもありません、きたえられています！

(2010.06.02－よしもとばなな)

分身がお腹にいると思うと、楽しみでしょうがありません。

今日の質問ですが、子犬（アメリカンコッカー・雄）を飼った直後に妊娠がわかり、ちょっと動揺しました。マンションで飼っており、留守番のとき以外はゲージから出しているのですが、とにかくやんちゃ。赤ちゃんが産まれるときは、ちょうど犬も一歳になるのですが、きっとまだまだ落ち着かないんだろうな～と思っています。

ばななさんは、赤ちゃんが産まれた時、たくさんのペットに囲まれていたと思いますが、ベビーベットを置く部屋には、やはりペットを入れないようにしていましたか？　あまり神経質になるのは止めようと思うのですが、今でさえ、餌を狙ってうさぎのゲージをガジガジとやっているので……ちょっと心配です、なにかよいアドバイスがあれば教えて下さい！　あと、やはり赤ちゃんがくると、ペットはヤキモチやきますかね⁉

(2010.05.27－nana)


様子をみて、毎日ならしていったら、だんだん大丈夫になってきた、みたいな感じだったような記憶があります。

はじめは、そうしてたかな……

というかベビーベッドが高くて犬は届かなかったけど、猫はいつのまにかいっしょに寝ていたという思い出があります。

(2010.06.02－よしもとばなな)


ばななさん、こんにちは。

「アナザー・ワールド」拝読いたしました。「彼女について」とは別の種類の、何か新しい雰囲気を感じ、作品のエネルギーに驚きました。と、同時に15年ほど前に初めてばななさんの本と出合った時の印象を思い出しました。

ハワイ、まだまだ書きますし、なんといっても「MISS」でばりばりに連載中です。なので、まだまだ行きますよ！

(2010.06.02ーよしもとばなな)


ばななさんこんにちは。お身体よくなってきていますか。

字数制限があるのでいきなりですが、わたしはばななさんのおすすめする本ははずれなしと思って信頼しています。でもすっごいむかし、小沢健二さんと対談で三島の「美しい星」はいいけど「金閣寺」とかあとはきらいとふたりで言い合っていたことがいまもときどき不思議です。

「金閣寺」は完全読者側からするとおいしいおいしいフルコースみたいな贅沢づくしの文章ですが、そこが作り手の側からして（三島あざとい！）と思えてしまうのでしょうか。なんかばななさんは好きそうな文章なのになあと思っていて。よかったらお教えください。

(2010.05.16－ヤマー)


なんか、好きになれなかったんですよね……

三島先生の小説は、通俗的なほうがキラキラしている感じです、私個人としては。

(2010.06.02ーよしもとばなな)


ばななさん、こんにちは。

私はいま、37歳、妊娠四ヵ月です。通勤中に、春菊さんの「私たちは繁殖している」や、ばななさんの「子供ができました」「こんにちわ！　赤ちゃん」をじっくり読み返す日々です。

もともと、子供はそんなに好きではなかったのですが、自分の

他人がどのように文章を読んでいるのかがわからないので興味があります。

それではこれからも「ばななさん経験値」を上げながら人生を生きたいと思います。末永くよろしくお願いいたします！

(2010.04.16－アカツカリョウコ)


まあ、ときめきですね！

私は自分のも人のも実写です。

マンガなときはあまりないなあ……でもなんかわかりますよ、南Ｑ太さんも吉野さんも。

私の人生はほとんど岩館真理子さん、大島弓子さん、清原なつのさん、岩本ナオさんの絵で表現できるな、と思っています、個人的には。

(2010.06.02－よしもとばなな)


よしもとばななさんはじめまして。

わたしは、「まぼろしハワイ」を読んでフラをはじめました。

そしてこの夏から、ハワイ島に留学予定です。恋人がいるので「ハチ公の最後の恋人」や「サウスポイント」を読み返しては涙、涙の生活を送っております。

今日の日記を読んで、ハワイの取材が終わったということはもうハワイを書くことは無いのですか？

体に気をつけてこれからも頑張ってください。

(2010.05.03－ちひろ)


がんばれ～！

まあ、ハワイ島だとなかなか出会いも少なそうだし、続くのでは！

だと気がつきました。単なる偶然なのかなあとも思うのですが、出版社ごとに書かれるテーマを設定されたり、編集者の方との組み合わせの妙（？）で、あるひとつの方向性に向かうようなことがあるのでしょうか？

(2009.12.06－こま)


担当の人に合わせて書いていますので、その洞察は当たっています！

ちゃんと読んでもらえてとてもありがたいです。ありがとうございます。

(2010.02.10－よしもとばなな)


ばななさん、はじめまして！

ばななさんの作品とは20年来のおつきあいです。『うたかた／サンクチュアリ』の文庫（福武書店版！）の見返しには、「○○と帰った日に」って中学生当時好きだった男の子の名前が入っていたり。良い思い出です。

新刊『大人の水ぼうそう』の中で、８月15日の「小説を書く上での強み」について書かれているのを読んで、その20年来の「ばななさん経験」が腑に落ちたのです。私は文章を映像で読むタイプなのですが、ばななさんの文章ではそれが顕著だったのです。そしてなぜかマンガとして浮かぶことが多く、登場人物は吉野朔実さんや南Q太さんの画で浮かびます（作品によって異なります)。ばななさんの技法の成せる技だったのですね！　術中にがっちりはまれて嬉しいです。

そこで質問です。ばななさんご自身は他の作家さんの文章を読まれる時に映像が浮かぶのでしょうか？　その場合は実写タイプでしょうか？　マンガ（アニメ）タイプでしょうか？

する考えだけは身につけないでください。

また、安いからといって、人間相手の仕事を機械的にやるようにもならないでください。

そう願います。


マンガに例えるとわかりやすいと思うのですが、

「好きなマンガをだれにも見せずに描く」だって、自分自身に還元してはいるのですが、自己完結の喜びです。

でも、そのマンガを他の人が気に入ってくれて、読んで幸せになってくれたり、買ってくれて、もし自分もそれで食べていけたら、それは還元ですよね。

社会の中にお金の流れを作っているし、自分の能力で他者に喜びを与えています。働くとはそういうことだと思います。

(2010.02.10－よしもとばなな)


ばななさん、こんにちは。

最近、猛烈な勢いでばななさんの本を読み直しています。何かその作品とつながる具体的なできごと（失恋など）があった時ではなく、日々を過ごす中でなんとなく心に「ん？」とひっかかりが生まれたときに、すっと本棚に手が伸びます。読み終わると「次はこれだな」と作品を選び、つぎつぎとテーマがリンクしていくかんじです。そして、最初に読んだ５年前、10年前とはまったく違う発見をして、自分が過ごしてきた時間とばななさんが感じている時代の空気のようなものが新たな作用を生んでいるような気がして、同じ時代を生きてリアルタイムで作品を読めることをとてもうれしく思っています。

こうした読み方をしていて、ここ数日間に読んだ４冊の本（書かれた時期は、ばらばら）をながめていたら同じ出版社のもの

来るかもしれませんが……。

ばななさんは仕事に対するお金についてどのように考えておられますか？

また、『Q人生って？』では「社会に出て働くことは、自己実現のためではありません。……自分の能力を他に還元する……。」という風に書いておられるのはどうしてでしょうか？

「自分の能力を他に還元する」という言葉が好きだな〜と感じたのでもっと詳しく聞いてみたくなりました。

これからも応援しています！　最後まで読んで下さってありがとうございました。

(2009.11.04－秋桜)


全てはバランスだと思います。

私の賃金は同じ歳の男性くらい（ボーナスがあると思えば）だと思うのですが、私は24時間を小説のために考え、過ごしているので、ちっとも高いとは思っていません。

主婦は無給ですが、重労働です。一生が保証されて当然だと思います。

福祉の仕事は重労働、低賃金だから美しいと思っている人は多いですが、私はそうは思いません。

上司の方はもうあきらめてそう考えようよ、と思っているのだと思います。

それはその方の問題だから、気にしなくていいし、いつかあなたもあきらめて年下の人にそういう日が来るかもしれません。

でも、いつの日か労働と賃金のバランスがとれた状態を実現させてください。

そういう職場に行くのか、副業の可能性を見いだすのか、全ては、あなた次第です。

「そうはいうけど、〜だから、むりなんだよね」と他のせいに

(笑)。

(2010.02.10−よしもとばなな)


こんにちは！　ばななさん。

初めてメールを送らせてもらいます☆

10年程前からばななさんの本を愛読し、何かに迷った時やつらい時、悩んでいる時など何度も助けていただき感謝しております。

最新刊の『Q人生って？』もバッチリ購入し、気づいたら数時間で読み終わっていました。

そして、社会人になって５年目で迷いが多い時期の私には仕事についての項目で助けられたり励まされる言葉がたくさんありました。

現在、福祉の職場で働いているのですが低賃金であるために将来への不安があります。

しかし、職場の上司にそのことについて話すと、その後からことあるごとに遠まわしに「お金じゃない」というニュアンスのことを言われます。

そのことを言われる度に「でも事実そう思うのだからしょうがないじゃないか！」と反感の気持ちを持ってしまいます。

私も福祉のしごとにはやりがいを感じてやっているのですが、一方で生活していけるだけのお金が欲しい、旅行やたまには美味しい物を食べれる程度のお金の余裕も欲しい。という気持ちがあるのも本音なのです。

そのような本音を隠して「お金ではなくやりがいがあるからこの職場で働いている」という思いだけを切り取って言うこともできるのでしょうが、それは何だか後ろめたい気がします。

いつの日か、本当に「お金ではない」と悟ることができる日が

も生きていけます。

(2009.09.13－みぃ)


いやあ、それはよかったです。

ほんとうの落ち込みの三歩手前くらいで、あなたには私以外にもいっぱい助けてくれるものがあると思いますよ〜。大丈夫ですよ。

東京で一人暮らしってやっぱりたいへんなことですよ。楽しさにひたっちゃうとそのまま行けちゃうけど。

疲れていてもなるべく実家に行ったり、旅をしたり、友達と過ごしたりしてくださいね。

さて、好意的にもいろいろあって、とんちんかんな好意と的を得た好意があります。

とんちんかんな好意は嬉しいけど、すぐ忘れてしまいます。

鋭い観察の入ったものは好意でも悪意でもほほうと思ったりします。

だからって書き方のなにが変えられるわけでもないんですけれど。

悪意もとんちんかんなものは、全く気になりません。ちっと思うけど一分以内に、忘れちゃいます。そうでもないとやっていられないというのもあるけど。

私に言われることで当たっちゃいるけどいちばんとんちんかんだなあと思うのは、「いい人ばかりでこんな話ありえない」とか「いつも前向きに終わる」とか「売れて傲慢になった」とかです。寓話なんだけどなあ……と思いつつ、なんか読む人のほうに問題があるのだろうと思い、こつこつと精進しようっと一分で忘れます。

こういうときも批評はがんばらないと思い出せないので、ほんと、自分は一生懸命書いてるなあと我ながら感心しちゃいますいをさがします。

ただはやっているだけの本でも、音楽と同じでそのときどきの雰囲気がみんな入っていますよね。

そのときに読まないとだめな本と、長く読める本の両方と接していたいです。

(2010.02.10—よしもとばなな)


こんにちは。いつも日記を拝見していますが、伝えたいお礼と質問があってメールさせて頂きます。

まず、お礼です。私は東京で一人暮らし、20代前半の社会人なのですが、最近何故か心の調子が悪かったのです。毎日の仕事も単調、大好きな家族は遠く、辛くてたまらない訳ではないけれど、何も楽しくなく、思考が止まり、休日はベッドから起き上がれませんでした。

そして今となっては信じ難いのですが、ネットで自殺方法を検索していました。そのとき、ついでにふと見たある有名人のブログで、ばなな先生の本をすごく好意的に紹介していました。私には先生の本が宝なので、それを読んだ瞬間、ガーッと力が漲って嬉しくて、誇らしさで一杯になりました。

それから、突然生命力が蘇って、先生の本を毎日読み直すという目的ができて、自殺願望はなくなりました。

あんなに突然力が漲って顔が紅潮したのは、人生で初めてです。

そこで質問です。ばなな先生はご自分の本の感想が好意的に書かれていたら、嬉しく思いますか？　それとも、受け取る人それぞれだから、お気になさいませんか？　ネット上で、いろいろな意見が簡単に見れてしまうので、作者ご本人はどうなのか、と思ってしまいました。

先生、書き続けてくださってありがとうございます。お陰で私こんにちは。はじめまして！

いつもばななさんの小説を読むと「いいモノに触れることが出来た！」となんとも言えない喜びで一杯になります。上手く言えませんが……。日記も大好きです。これからも読み続けていきます。

ばななさんの本もそうですが、私は『本を買う』ということに、出会いだなぁと感じることがよくあります。よくぞこのタイミングでこの本が私の手元に来たな……とか、出会うべくして出会ったとしか思えず偶然じゃないなぁと感じることなど。それだけですごいなーと感動してしまいます。

なにをおおげさな！　と思われるかもしれませんが、今住んでいる所は田舎なので、品揃えの良い本屋はないし（最近は悲しいことに、どこでもそうですけど）、本の某ショッピングサイトで欲しいものは確実に手に入れられますが、サイトで出会いというのはあまりないので、すごい確率ではないかと思っているのです。

ばななさんはたくさんの本を購入されているのではないかと思いますが、そんな風に感じることはありますか？

ばななさんの日記を読む楽しみの一つに、この漫画を読んだとか、この本が良かったとかが書かれていることです！　私も本も漫画も雑誌も幅広く好きなものがあるので、「ウヒヒ　ばななさんもこの漫画読んでるんだ」などといった楽しみ方もしています。

(2009.08.30－ユキ)


本は生ものだなあ、と思うことはよくあります。

私も大きな書店にたまに行くと、ハンターのように本との出会

こんばんは、ばななさん。日記、作品共わくわく拝読させて頂いております。

先日、主人、5歳息子共々、葉山の森戸海岸で夏休みを過ごしました。ビーチ、町中と場所を変えても全てが程良く、下品な部分がなく、何て過ごしやすく安らぐ土地なのだろうと実感しました。

また、アクセスもスムーズで西荻の我が家からも2時間あれば行けます。学生時代（私はばななさんと同い年です）、ドライブと言えばこの134号線沿いで渋滞も多々ありましたが、今は台場やアウトレットもあるのでドライブデートも分散しているのかなとも思いました。

ばななさんの別荘も、この近辺のご様子ですが、どのような理由で選ばれたのでしょうか？

宜しければ教えて下さい。

(2009.08.19－lomi lover)


森戸からは微妙に離れていますが、だいたい逗子を中心にした圏内なので、似た感じはあると思います。

私はほんとうに簡単な理由で、かなり親しい友達が2組、知り合いが3組逗子鎌倉葉山にいたのです。

住んでいる人がみんな土地を愛しているのがいちばん好きなところです。

あと、子どもには自然が必要だなあと思って、海や山が目に入るところに部屋がほしかったのですね。

(2010.02.10－よしもとばなな)

Q&A

あとがき

我ながら、この年の忙しさはむちゃくちゃでんがな、と思う。

あまりの忙しさで腰もいためてるし、移動がむちゃくちゃ多い。そしてあえてひとつも書いてないけど、実はものすごいことが起きていた。

でも、そのつらい時期、ずっと友達と家族に支えられていた。

今となっては友達と家族の笑顔しか思い出せないから、自分はおめでたいと思う。

この年にバリでヒーリングを受け、桜井章一さんにはじめてお目にかかり、勢旗さんというホメオパスに出会い、クラシカルホメオパシーのセッションを卒業してから、突然に人生がひらけはじめた。

桜井章一さんは、私の期待を全く裏切らない、すごい大人だった。このような人が確かにいるのなら、私も生きよう、と思うことができた。

バリのヒーラーを紹介してくれたのは昔なじみの友達で、私がセッションを受けている間、ずっとうちの子供と遊んでくれていた。その声を聞いていたら、ありがたくて泣けてきた。そのあいだ、私の薄汚いサンダルをすてきな写真に撮りながら、親友のちほちゃんは「私の友達を治しておくれ」とお祈りしてくれた。

お金とかじゃない宝物を私はいっぱい持っている。そして、だれでもきっとそうなのに、今の時代はそれに気づきにくいだけだと思う。

自分は自分という家に久しぶりに、赤ちゃんのとき以来初めて、帰ってきた。居心地がいいばかりの家ではないが、そのことを嬉《うれ》しく思う。

２０１１年2月

よしもとばなな

オリジナルフリマグッズ大紹介!

2010年9月12日、12月5日に、下北沢ピュアロード商店街で開かれ、
盛況のうちに幕をとじたフリーマーケット。
当日発売されたオリジナルグッズも大人気でした。

グッズは『もしもし下北沢』新聞連載時の挿画もてがけた
大野舞さんのキュートなデザインです。

ばななさんのインタビューも読める
『もしもし下北沢』特製ペーパー!
(B3判)

『もしもし下北沢』カレンダー2011
(B5判)

オリジナル・デザインのポストカード
(6枚セット)

『もしもし下北沢』のロゴが入った
可愛い「ふくさ」3種(60cm×60cm)

公式サイトでは当日イベントに来ることができなかった方のために、
通信販売もおこなっています(2011.4現在)。
詳しくはhttp://www.yoshimotobanana.com/moshimoshi/でチェック!

本書は新潮文庫のオリジナル編集である。

よしもとばなな著

王国
―その1 アンドロメダ・ハイツ―

愛と尊敬の上に築かれる新しい我が家。大きな愛情の輪に守られた、特別な力を受け継ぐ女の子の物語。ライフワーク長編第1部！

よしもとばなな著

王国
―その2 痛み、失われたものの影、そして魔法―

この光こそが人間の姿なんだ。都会暮らしに戸惑う雫石のふるえる魂を、楓やおばあちゃんが彼方から導く。待望の『王国』続編！

よしもとばなな著

王国
―その3 ひみつの花園―

ここが私たちが信じる場所。片岡さん、そして楓。運命は魂がつなぐ仲間の元へ雫石を呼ぶ。よしもとばななが未来に放つ最高傑作！

よしもとばなな著

みずうみ

深い傷を心に抱えた中島くんと、ママを亡くした私に、湖畔の一軒家は静かに呼びかける。損なわれた魂の再生を描く奇跡の物語。

よしもとばなな著

なんくるない

どうにかなるさ、大丈夫。沖縄という場所が、人が、言葉が、声ならぬ声をかけてくる――。何かに感謝したくなる四つの滋味深い物語。

よしもとばなな著

ハゴロモ

失恋の痛みと都会の疲れを癒すべく、故郷に舞い戻ったほたる。懐かしくもいとしい人々のやさしさに包まれる――静かな回復の物語。

吉本ばなな著
とかげ
私のプロポーズに対して、長い沈黙の後とかげは言った。「秘密があるの」。ゆるやかな癒しの時間が流れる6編のショート・ストーリー。

吉本ばなな著
キッチン
海燕新人文学賞受賞
淋しさと優しさの交錯の中で、世界が不思議な調和にみちている――〈世界の吉本ばなな〉のすべてはここから始まった。定本決定版！

吉本ばなな著
アムリタ
（上・下）
会いたい、すべての美しい瞬間に。感謝したい、今ここに存在していることに。清冽でせつない、吉本ばななの記念碑的長編。

吉本ばなな著
うたかた
サンクチュアリ
人を好きになることはほんとうにかなしい――運命的な出会いと恋、その希望と光を瑞々しく静謐に描いた珠玉の中編二作品。

吉本ばなな著
白河夜船
夜の底でしか愛し合えない私とあなた――生きてゆくことの苦しさを「夜」に投影し、愛することのせつなさを描いた〝眠り三部作〟。

河合隼雄
吉本ばなな著
なるほどの対話
個性的な二人のホンネはとてつもなく面白く、ふかい！　対話の達人と言葉の名手が、自分のこと、若者のこと、仕事のことを語り尽す。

小川洋子著

博士の愛した数式

本屋大賞・読売文学賞受賞

80分しか記憶が続かない数学者と、家政婦とその息子――第1回本屋大賞に輝く、あまりに切なく暖かい奇跡の物語。待望の文庫化！

井上荒野著

潤一

島清恋愛文学賞受賞

伊月潤一、26歳。気紛れで調子のいい男。女たちを魅了してやまない不良。漂うように生きる潤一と9人の女性が織りなす連作短篇集。

江國香織著

号泣する準備はできていた

直木賞受賞

孤独を真正面から引き受け、女たちは少しでも前進しようと静かに歩き続ける。いつか号泣するとわかっていても。直木賞受賞短篇集。

角田光代著

さがしもの

「おばあちゃん、幽霊になってもこれが読みたかったの？」運命を変え、世界につながる小さな魔法「本」への愛にあふれた短編集。

川上弘美著

古道具中野商店

てのひらのぬくみを宿すなつかしい品々。小さな古道具店を舞台に、年の離れた4人のもどかしい恋と幸福な日常をえがく傑作長編。

野中柊著

プリズム

夫・幸正の親友との倫ならぬ恋に流されてゆく波子。そして幸正にもまた秘密が。愛の痛みと心の再生を描く、リアル・ラブストーリー。

もりだくさんすぎ

—yoshimotobanana.com 2010—

新潮文庫　よ－18－27

平成二十三年四月一日発行

著者　よしもとばなな

発行者　佐藤隆信

発行所　株式会社　新潮社

郵便番号　一六二―八七一一
東京都新宿区矢来町七一
電話　編集部(〇三)三二六六―五四四〇
読者係(〇三)三二六六―五一一一
http://www.shinchosha.co.jp

価格はカバーに表示してあります。

乱丁・落丁本は、ご面倒ですが小社読者係宛ご送付ください。送料小社負担にてお取替えいたします。

印刷・錦明印刷株式会社　製本・錦明印刷株式会社

ISBN978-4-10-135938-0 C0195